AF535603

Audrey Harings

Sharj

und die

Geister des Windes

© 2018 Audrey Harings
www.audreyharings.com
Erste Auflage

Umschlaggestaltung/ Illustrationen:
Stefanie Ziermann
Teile der Charaktere basieren auf dem Design
von Rico Kohlstedt aus den Vorgängerbänden

Lektorat: Petra Fiolka
Korrektorat: Dr. Peter Mühlig

Bibliografische Information der Deutschen Nationalbibliothek: Die Deutsche Nationalbibliothek verzeichnet diese Publikation in der Deutschen Nationalbibliografie; detaillierte bibliografische Daten sind im Internet über dnb.dnb.de abrufbar.
Das Werk, einschließlich seiner Teile, ist urheberrechtlich geschützt. Jede Verwertung ist ohne Zustimmung des Verlages und der Autorin unzulässig. Dies gilt insbesondere für die elektronische oder sonstige Vervielfältigung, Übersetzung, Verbreitung und öffentliche Zugänglichmachung.
Herstellung und Verlag: AH Tales and Stories S.L.
ISBN 978-84-948303-3-4

Vintosa

Die Welt der Winde befindet sich fernab von unserem Planeten
Scheinbar unerreichbar und doch dürfen wir sie jetzt betreten

Die vier Völker leiden Hunger, die Nahrung ist knapp
Die Menschen von Vintosa werden nicht mehr satt

Sie brauchen die Hilfe von ganz klugen Kindern
Taucht ein in die Geschichte und lasst euch nicht hindern

Mit Josés und Sharjs Kompassen sind wir im Gepäck dabei
Diesmal sind sie nicht allein, auch Lola und Mona eilen herbei

Doch Mona glaubt dies alles sei nur Schein
Und ist sich sicher in einem Traum gefangen zu sein

Die Winde in Vintosa sind plötzlich verschwunden
Sampa hat scheinbar den Tod der Mutter nicht überwunden

Ohne Winde gibt es in dieser Welt keinen Handel
Erlebt Vintosa jetzt einen bitteren Wandel?

Wohlmöglich aber schaffen es die vier, die Winde zu finden
Und die Völker wieder miteinander zu verbinden

Wer weiß, vielleicht sind die Winde gefangen und man muss sie befreien
Von einer Person mit reichlich Gier, ohne dabei die Völker zu entzweien

Finde es heraus und tauche ein in das Abenteuer einer fernen Welt
Und du wirst Teil der Geschichte sein, über Freundschaft die ewig hält

Nostren
Osander
Wegels
Suhais

Charaktere

Charaktere

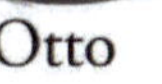

Otto

Claudia

Pfarrer Hannes

Pablo Molinero

Maria Molinero

Inhalt

Was bisher geschah

Mit elf Jahren wurde Sharj durch den tragischen Flugzeugabsturz ihrer Eltern zur Vollwaise und wohnte fortan bei den Meyers. Die Meyers, das waren Otto und Claudia, ihre Pflegeeltern, und Mona, ihre Pflegeschwester.

Sharj lebte sich schnell in die Familie ein und fühlte sich sehr wohl dort. Mona war genauso alt wie ihre Pflegeschwester und ging mit ihr in eine Klasse.

Die Pflegeeltern entwickelten jedoch einen finsteren Plan. Sharj war reich. Über ihr Vermögen verfügte ein vom Gericht eingesetzter Verwalter. Wenn Sharj etwas brauchte, beantragten die Meyers alles Notwendige. Sie würde selbst über ihr Vermögen verfügen können, sobald sie volljährig wäre. Doch die Meyers wollten ihre Pflegetochter vorher loswerden und in den Besitz von Sharjs Erbe kommen.

So dachte Otto sich einen teuflischen Plan aus: Er besorgte sich Gift. Getarnt als Parfüm, sollte dies Sharj töten. Glücklicherweise gelang die Umsetzung dieses Plans nicht sofort.

Sharj und ihr bester Freund José trafen einen sprechenden Hasen. Dieser Hase bat die beiden, in seine Welt zu kommen, um dort den König Sloma zu retten. Durch Magie gelangten die beiden in dessen Welt. Zur Rettung des Königs mussten sie das Wasser des Lebens finden.

In der Welt des Hasen verwandelten sich Sharj in eine Elfe und José in einen Drachen.

Als Drache wurde José von den Stumps gefangen und gequält. Sharj musste deshalb zunächst ihren Freund befreien. Sie bekam Hilfe von der Waldelfe Osana und dem Krieger Ismann. Gemeinsam retteten sie einen Troll, der zum Stamm der Lameren gehörte. Er hieß Swap. Dank seiner Hilfe gelang es ihnen, José zu finden. Mit List und Tücke befreiten sie José aus den Fängen der Stumps und brachten König Sloma das heilbringende Wasser.

In Sharjs Welt verlor der Hase sein Amulett, das ihm den Rückweg in seine Welt sicherte. Er fand es ausgerechnet im Haus der Meyers. Dort wurde er Ohrenzeuge der Pläne des Pflegevaters und unter Einsatz seines Lebens vereitelte er den Mordanschlag auf Sharj, indem er das Gift im Parfümflakon durch Wasser ersetzte.

Danach kehrte der Hase in seine Welt zurück und Sharj und José in ihre. Sie brachten zwei magische Kompasse mit; diese hatte König Sloma ihnen als Dankeschön mitgegeben.

Sharj ahnte weiterhin nichts von dem Vorhaben ihrer Pflegeeltern.

In den folgenden Sommerferien besuchten Sharjs Pflegeeltern eine Patentante, die ihren 93. Geburtstag feierte. Da Sharj die Tante nicht kannte, sollte sie die Zeit bei José zu Hause verbringen.

Sharj hatte das vermeintlich vergiftete Parfüm an Mona verschenkt. Aber das wussten ihre Eltern nicht. Mona packte den Flakon ein, um ihn mit auf die Reise zu Tante Lilli zu nehmen.

Die Koffer waren schon im Auto verstaut, da tauchte plötzlich Tina auf, Monas beste Freundin, und erzählte Otto, dass im Ferienlager unerwartet zwei Plätze frei geworden waren. Das Ferienlager wurde alljährlich von Pfarrer Hannes geleitet. So beschlossen Otto und Claudia, dass Mona mit Tina ins Feriencamp fahren sollte.

Während der Reise von Otto und Claudia schauten sich Sharj und José die Kompasse genauer an. Als sie sich gerade darüber austauschten, vibrierten die Kompasse und sogen sie in eine andere Welt, nach Luciera.

Dort herrschte ewige Dunkelheit, denn auf dieser Welt lebten blutrünstige Vampire, die Dajanen, mit ihrem Anführer Golob.

Luciera litt unter den Dajanen, denn sie benutzten die Einwohner als Beute. Weit unter der Erde gab es ein weiteres Vampirvolk, die Naterjanen. Dort lebte ein junges Mädchen, Alma, welche um Hilfe gebeten hatte.

Sharj erreichte Luciera als Vampirin und

José wurde ein Wasserwesen. Gemeinsam mit ihren neuen Freunden Alma, Escha, Roma und Samira schafften sie es, einen Feuerkristall zu bergen und der Welt das Licht zurückzubringen. Die Dajanen verschwanden und die Lucieren lebten gemeinsam mit den Naterjanen auf der Oberfläche von Luciera. Sharj und José kehrten nach Hause zurück.

Während sie fort waren, hatte sich in der realen Welt einiges getan. Doktor Molinero, Josés Vater, half einigen Hundewelpen auf die Welt. Ein Welpe fiel besonders auf. Er schaffte es irgendwie, in den Pferdestall zu krabbeln und dort auf eine Stute in Not aufmerksam zu machen.

Sharjs Pflegeschwester Mona gefiel das Leben im Ferienlager und schon nach kurzer Zeit sang sie mit Pfarrer Hannes Kirchenlieder am Lagerfeuer.

Bei der Patentante angekommen, übermannte Otto die Gier. Er fand Sharjs Parfüm in Monas Koffer und schmiedete den Plan, die Tante damit zu vergiften. Als Tante

Lilli starb, mimte er den trauernden Patensohn.

Es dauerte erneut nicht lange und die beiden Freunde, Sharj und José, wurden mit ihren Kompassen erneut in eine hilfsbedürftige Welt transportiert. Auf Salinas gab es einen Herrscher, Mula, der Kinder in Roboter verwandelte. Dabei verloren die Kinder alles Menschliche und wurden zu Maschinen.

Er wollte mit diesen Maschinen in den Krieg ziehen. Die Eltern der Kinder verkaufte er als Sklaven.

José und Sharj landeten an verschiedenen Orten auf Salinas. Das erschwerte ihre Mission und lange voneinander getrennt, kamen sie in große Schwierigkeiten.

José erfand einen Namen für sich, damit er in dieser Welt überleben konnte. Doch leider trug der Erzfeind des Herrschers Mula denselben Namen.

Sharj verwandelte sich in einen Roboter, als sie auf Salinas ankam. Sie musste alles Kindliche ablegen. Schnell fand sie jedoch eine Verbündete, Kira. Gemeinsam mit ihr kam sie dem Geheimnis dieser Welt auf die Spur.

Zuhause auf der Erde spitzte sich die Lage für Otto zu. Er konnte das wahre Ausmaß seiner Bosheit und Gier Claudia gegenüber nicht mehr verbergen. Sie bekam ein schlechtes Gewissen und er verlor sie als Verbündete.

Bei der Polizei gingen mehrere geheimnisvolle Hinweise gegen Otto ein.

Kapitel 1
12

Geburtstagsparty

„Halt mal deinen Finger hier drauf."

Sie presste ihren Daumen auf das Geschenkband, sodass Mona die Schleife binden konnte.

„Sieht es nicht toll aus?"

Zustimmend nickte Sharj und betrachtete das Werk. Liebevoll hatten sie zusammen Josés Geschenk kreiert und eingepackt, denn heute waren sie zu seinem zwölften Geburtstag eingeladen.

Sharj und José verband eine lange Freundschaft. Gemeinsam hatten die beiden schon viele Welten bereist. Angefangen hatte alles mit dem Elfenkönig Sloma, der jedem von ihnen einen Kompass schenkte, der sie in andere Welten transportieren konnte. Aber nicht einfach so – zunächst musste jemand in einer anderen Welt um Hilfe bitten, erst dann setzten sich die Kompasse in Bewegung. Sie fingen an zu rappeln und ein Strudel zog sie mit ihren Besitzern in die andere Welt.

Jeder Kompass war mit vier Symbolen für

die Elemente Wasser, Feuer, Luft und Erde verziert. Ursprünglich waren die jeweiligen Zeichen farblos. Mit Erledigung einer Aufgabe in den anderen Welten begannen die Symbole gelblich zu schimmern. Nur ein Bild war noch blass – das Symbol für das Element Luft.

Bald nachdem sie die Kompasse vom Elfenkönig erhalten hatten, reisten sie zu Vampiren auf den Planeten Luciera. Und kaum waren sie von dort nach Hause zurückgekommen, da rappelten diese Dinger erneut und trugen sie nach Terra Salinas. In dieser Welt retteten sie die Kinder vor einem niederträchtigen Herrscher, der diese in Roboter verwandelt hatte.

Sharj hoffte, dass nach den vielen Reisen nun erst einmal etwas Ruhe einkehren würde. Aber weil noch ein Symbol auf dem Kompass leer war, müssten sie bestimmt bald erneut aufbrechen. Hoffentlich ließ dieses bald noch lange auf sich warten.

„Ich freue mich so sehr, dass José mich auch eingeladen hat“, unterbrach Mona Sharjs Gedanken.

„Ich mich auch.“ Sharj nahm Monas Hände fest in die ihren.

„Es kommt mir so vor, als wären wir richtige Schwestern“, erwiderte Mona.

„Ja.“ Ein Lächeln umspielte Sharjs Lippen. Denn das war nicht immer so gewesen, seit Sharj in Monas Familie aufgenommen worden war. Ihre Pflegeschwester Mona war ein wenig anders als Sharj. Sie interessierte sich für Mode und andere coole Sachen. Für Sharj hingegen war Mode ein Fremdwort. Manchmal kam es sogar vor, dass sie verschiedenfarbige Socken anzog oder ihr Shirt verkehrt herum anhatte.

Doch in letzter Zeit waren die beiden näher zusammengerückt. Es hatte angefangen, als Monas Eltern, Claudia und Otto, von der Beerdigung von Ottos Patentante zurückkamen. Ottos Verhalten war seitdem merkwürdig. Er hatte Wutanfälle und schimpfte oft laut. Claudia hingegen war eher still und in sich gekehrt. Sharj hörte sie oft weinen.

Fast schien es so, als könne Mona ihre Gedanken lesen: „Sharj, ich habe Angst, dass meine Eltern sich scheiden lassen wollen. Irgendetwas stimmt da nicht."

Sharj nickte: „Ich hoffe nicht, Mona. Was würde dann mit uns passieren? Ich bin ja nur ein Pflegekind und komme dann bestimmt in eine neue Familie, aber du?"

In Monas Augen sammelten sich Tränen. „Ich weiß nicht. Ich würde gerne bei dir bleiben."

„Ach Mona", erwiderte Sharj, „ich hoffe, dass es nicht so weit kommt."

„Das hoffe ich auch", erwiderte Mona und nahm das Geschenk für José in die Hand.

„Mal sehen, was er für Augen macht, wenn er das sieht."

„Oh ja, da bin ich auch gespannt", sagte Sharj erfreut über diesen Themenwechsel. Sie hatten zusammen aus einem Lederband, auf das sie verschiedene Steine und Muscheln aufgezogen hatten, eine Halskette und ein Armband gebastelt. Das war Monas Idee, denn sie hatte vor kurzem ihre Vorliebe für Schmuck entdeckt, den sie dann selber gestaltete. Sie hatte schon viele Halsketten entworfen. Aber diese hier, die war eine Herausforderung. Die erste Kette für einen

Jungen!

Mit der Kette und dem Armband würde José richtig cool aussehen. Da waren sich die beiden Mädchen einig.

„Komm, lass uns losgehen", sagte Mona. „Ich halt es hier nicht länger aus."

„Ok."

Gemeinsam schlichen sie wie Diebe aus ihrem Zuhause. Als sie die Türe hinter sich schlossen, hörten sie die Wortfetzen eines erneuten Wutanfalls von Otto.

„Ich brauche mehr!", rief er. Kopfschüttelnd liefen sie zu ihren Fahrrädern und machten sich auf den Weg zu José.

Josés Zuhause war rund drei Kilometer entfernt. Doch der Weg ging über Feldwege und war nicht anstrengend, da es hier nur wenige Berge gab, und so radelten sie um die Wette. Als sie dann endlich müde und glücklich bei José ankamen, ließen sie ihre Fahrräder achtlos auf den Boden fallen. Sie rannten wie kleine Mädchen zur Haustür und drückten den Klingelknopf. Drinnen ertönte ein Bellen.

„Das ist Lola, das ist Lola“, rief Sharj. Als sich die Tür öffnete, sprang ihnen ein kleiner pummeliger Hund entgegen. Sharj ging runter in die Hocke und ließ sich das Gesicht abschmatzen.

„Ich auch, ich auch“, rief Mona und hockte sich daneben. Und Lola begrüßte Mona genauso übermütig wie zuvor Sharj. Hinter Lola stand José. Aus der hockenden Position, erblickten sie zuerst seine Füße, die in ziemlich ausgelatschten braunen Lederschuhen steckten.

„Oh, José!“

Die Mädchen standen auf und umarmten ihn.

„Alles Gute zum Geburtstag!“, sagte Sharj.

„Von mir auch!“, ergänzte Mona. Stolz streckte sie ihm das Geschenk entgegen.

„Das haben wir zusammen für dich gemacht.“

„Oh.“ José errötete leicht.

„Kommt erstmal mit rein.“

In der Küche standen Josés Eltern und seine Mutter Maria hielt eine große Torte in der Hand.

„Da seid ihr ja, Mädchen“, rief Josés Vater Pablo überschwänglich und umarmte die beiden, als wären die zwei seine Töchter. Maria lachte herzlich, stellte die Torte auf den Tisch und begrüßte Josés Freundinnen ebenfalls.

„Dann können wir ja anfangen“, sagte Maria.

„Aber die Kerzen!“, rief José, holte ein Feuerzeug aus der Schublade und zündete eine Zwölf an, jeweils eine Kerze für die Eins und eine für die Zwei.

„Na, mal schauen, ob du die auf einmal auspusten kannst.“ Mona lachte. Lola sprang an ihr hoch und das Mädchen nahm sie auf den Arm.

„Moment, ich muss das filmen“, sagte Josés Mutter und griff zu ihrem Handy.

„Jetzt! José, los!“

José stellte sich vor die Torte und pustete die zuvor entzündete Zwölf wieder aus.

„Hast du dir was gewünscht?“, fragte Sharj aufgeregt und José zwinkerte ihr zu.

Sie lächelte zurück, weil sie wusste, was er sich gewünscht hatte – auch wenn sie selbst andere Vorstellungen hatte. José wünschte sich, wieder in andere Welten zu reisen. Er hoffte, dass der Kompass bald das letzte Symbol anzeigen würde.

Maria schnitt den bunt verzierten Schokoladenkuchen an und belud die Teller großzügig. Während sie am Tisch saßen, zog José das kleine Päckchen hervor und öffnete es. Als er die Halskette und das Armband sah, jubelte er.

„Oh mein Gott, das ist ja sowas von cool."

Er betastete jede einzelne Muschel. Die anthrazitfarbenen Muscheln passten farblich perfekt zu den eckigen Schiefersteinchen und in die Mitte der Bänder hatten Mona und Sharj jeweils einen größeren Stein mit dem Symbol für Unendlichkeit eingearbeitet.

„Wow! Sharj, machst du mir das fest?"

Wie gewünscht, stellte sie sich hinter ihn und verknotete die Halskette. Dabei bemerkte sie, wie sich sein Haar im Nacken leicht kräuselte. Das Armband hielt er Mona hin.

„Kannst du mir das Armband zumachen?"

Mona schloss das Lederband um Josés schmales Handgelenk.

„Cool!"

José betrachtete den Schmuck ehrfürchtig. „Danke, Sharj! Danke, Mona!", sagte er und drückte die beiden Mädchen.

„Gib ihr bitte keinen Kuchen", bat seine Mutter, die sah, dass Lola verfressen auf Monas Schoss saß und um Kuchen bettelte.

„Nein, nein, keine Sorge", sagte Mona. „Ich weiß doch, dass Schokolade für Hunde giftig ist."

„Kluges Mädchen", nickte Josés Vater anerkennend. „Das wissen wenige. Hunde haben kein Enzym, um Schokolade zu verdauen.".

„Oh", sagte Mona und kraulte Lola hinter den Ohren. Josés Vater Pablo war der Tierarzt hier im Ort. Lola war ein Labradormischling, der in der Nachbarschaft geboren wurde und bei dessen Geburt Pablo und seine Frau Maria assistierten. Dieser Hund war etwas Besonderes. Schon als frisch geborener Welpe entfernte er sich von seiner Mutter und kroch unter der Stalltür hindurch zu einem trächtigen Pferd, welches in diesem Moment sein Fohlen bekam. So konnten sie dem Pferd rechtzeitig helfen.

Aber auch sonst verhielt sich Lola oft überhaupt nicht wie ein kleiner Welpe.

Mittlerweile gehörte der Hund José und war schon sechs Monate alt. José verbrachte fast jede freie Minute mit Lola. Er freute sich, wenn er aus der Schule nach Hause kam und Lola schon auf ihn wartete. Am liebsten würde er Lola mit in die Schule nehmen, aber das war nur Wunschdenken. Lola war kugelig und hatte blondes Fell mit großen schwarzen Flecken. Ihre Mama war eine Labradorhündin. Aber niemand wusste, wer der Papa war. Bei der Namensfindung war man sich nicht sofort einig. Erst erwogen sie, den Welpen Flecki zu nennen. Aber José beschloss, dass Lola schöner wäre.

Doch in einem Punkt ähnelte Lola allen anderen Welpen. Mit ihren sechs Monaten knabberte sie alles an, was nicht niet- und nagelfest war. Aber keiner der Molineros scherte sich darum. Sie lachten nur und Josés Vater kaufte viele Kauknochen. „Damit der Schaden klein bleibt …“, sagte er.

„Hast du alles eingepackt, Mum?“, fragte José seine Mutter.

„Klar, alles was der Herr gewünscht hat“, lachte sie. „Geschirr, Besteck, Grillkohle, Steaks, Salate, Brot, Getränke.“

„Wow“, staunte Mona.

José lachte und sein Vater sagte: „Und ich habe hier noch etwas ganz Besonderes. Eine spanische Tortilla. Von mir selbst gemacht.“

„Cool, ihr seid einfach klasse“, freute sich José.

„Hier, José, nimm mein Handy. Falls irgendwas sein sollte, kannst du uns anrufen. Und denkt bitte daran, dass ihr die Feuerstelle wieder löscht.“

„Papa, das ist ja nicht das erste Mal.“

„Gut, gut. Also dann, viel Spaß ihr vier!“

„Vier?“, fragte Mona und schaute sich um.

José grinste: „Wir nehmen doch Lola mit.“

„Ach so.“

„Also, nichts wie los!“, rief Pablo und komplimentierte die Bande hinaus.

Lola wurde sicher im Fahrradanhänger verstaut und die drei radelten zum öffentlichen Grillplatz, welcher sich auf einer sicheren Lichtung in einem nahegelegenen Waldstück befand.

Genauso wie Sharj, hatte José seinen Kompass stets in der Hosentasche. Er hatte einen Plan. Sobald sie am Grillplatz ankämen, müssten sie Mona endlich die Wahrheit sagen.

Kapitel 2

Vintosa

Auf Vintosa herrschte das reinste Chaos. Die Winde, die auf dieser Welt lebten, waren verschwunden und keines der vier Völker wusste, warum. So sandte jedes Volk einen Vertreter hinaus zu den Wegels. Das war das Volk des Westens.

Es gab eine alte, seit vielen Generationen überlieferte Regel: Sollte jemals eine solche Katastrophe eintreten, dann würden sich Abgesandte aller Völker in Wegel treffen.

Und so saßen die Ältesten aller Völker dort im Land des Westens zusammen und debattierten aufgeregt.

„Unsere Landwirtschaft funktioniert nicht mehr", sagte der Abgesandte der Osander, dem Volk des Ostens. „Die Pollen und Samen fliegen nicht. Wir können keine Baumwolle mehr ernten. Bald gibt es keine Tücher, keine Seile, keine Dochte und keine Kleidung mehr."

„Wie wahr, und wir", rief der Mann aus dem Norden vom Volk der Nostren, „können kein Metall mehr herstellen. Ohne Wind wird das Feuer nicht heiß genug – das Erz schmilzt nicht. Und wir können keine Spindeln mehr verkaufen und wir brauchen doch Öl aus dem Westen."

„Sehr besorgniserregend", sagte der Vorsitzende der Wegels und runzelte die Stirn, „wir haben noch Öl. Aber wir können es euch nicht bringen, denn unsere Flugbretter funktionieren nicht ohne Wind."

„Unsere Segelschiffe auch nicht."

„Genau wie unsere Luftschiffe."

„Und unsere Heißluftballons auch nicht", rief der Abgesandte der Suhais vom Volk des Südens panisch. „Wir werden alle verhungern! Unsere Bienen sind verschwunden; den Pfauen fehlt der Wind in den Flügeln. Wir bekommen keinen Honig und keine Eier. Und Kerzen können wir auch nicht mehr machen."

Alle diskutierten wild durcheinander, bis der Vorsitzende der Wegels sie zur Ordnung rief: „Ruhe alle miteinander! Wir müssen uns etwas überlegen. Vielleicht haben wir die Geister vernachlässigt, sie nicht richtig beschworen."

„Doch, wir haben das Licht im Tempel immer brennen lassen.“

„Wir auch!“

„Und wir auch!“

„Ja, wir ebenfalls“, stimmte der Älteste der Wegels ein. „Das fing alles an, als meine Frau starb. Ich habe die Vermutung, dass dies irgendwie zusammenhängt“, überlegte er laut.

„Aber wie können wir das herausfinden?“, fragte der Abgesandte der Nostren.

„Ich befürchte, dafür haben wir jetzt keine Zeit. Wir müssen um unser Überleben kämpfen. Vielleicht müssen wir neue Wege beschreiten, wenn wir weiterleben wollen.“

„Neue Wege?“, fragte der Suhai. „Wo soll ich denn hin mit meinen Pfauen? Paah, neue Wege? Wo willst du denn leben? Unter der Erde vielleicht?“

„Gar keine schlechte Idee“, antwortete der Abgesandte der Nostren. „Wir könnten etwas entwickeln, um Höhlen unter der Erde zu bohren.“

„Ist doch Quatsch“, sagte der Mann der Osander. „Wenn wir nicht auf der Erde leben können, könnten wir unter der Erde schon mal gar nicht leben.“

„Ich befürchte, da hast du Recht. Lasst uns alle zum Tempel gehen und dort beten, dass die Geister zurückkommen und uns gut gesonnen sind.“

Vintosa war eine Welt fast wie unsere Erde. Die vier Völker produzierten alle unterschiedliche Dinge.

Die Osander waren berühmt für ihre Baumwolle. Daraus stellten sie Tuch, Seile, Dochte und Kleidung her. Sie bewegten sich mit ihren hölzernen Seglern durch die Lüfte, indem der Wind in Segel aus prächtigstem Tuch blies.

Die Nostren, das Volk des Nordens, benutzte Luftschiffe aus Stahl. Sie stellten Metall und Spindeln her, die sie hauptsächlich an die Osander verkauften – und das Metall, das brauchten alle Völker.

Die Wegels, das Volk des Westens, besaß riesige, surfbrettähnliche Luftbretter zur Fortbewegung. Sie förderten Öl und stellten Lampen her. Das Öl wurde dringend im Norden in den Spindelfabriken gebraucht.

Die Suhais, die fuhren normalerweise mit riesigen Heißluftballons durch die Luft. Diese hatten sie inzwischen schon an vielen Stellen mit allen möglichen Stoffresten geflickt. Das wäre aber kein Problem, solange sie weiterhin Tücher von den Osander bekämen. Das Volk des Südens liebte Pfaue, Strauße und Hühner. Sie züchteten Bienenvölker und verkauften Eier, Bienenwachs, Kerzen und Honig.

Es gab genug Bodenschätze für alle und gute Ernten. Die Völker betrieben miteinander Handel, besuchten sich gegenseitig und feierten fröhliche Feste.

Doch all dies hatte ein jähes Ende genommen. Denn eines Tages, ganz plötzlich, kurz nachdem die Ehefrau des Anführers von Wegel gestorben war, verschwanden die Winde.

Jedes Volk hatte seinen speziellen Wind. Diese Winde wurden in eigens für sie erbauten Tempeln wie Götter verehrt. In jedem der Gebäude brannte ein Licht. Und das erlosch nie. Wenn die Winde wohlgesonnen waren, dann fegten sie durch die Landschaften und sorgten dafür, dass sich der Samen verteilte, die Ernten üppig waren und die Völker untereinander Handel treiben konnten.

Während die vier Vertreter der Völker debattierten, ahnten sie nicht, dass einer aus dem Volk für das Verschwinden der Winde verantwortlich war. Und weil sie es nicht besser wussten, eilten sie gemeinsam zum nächsten Tempel. Sie beteten dort zum Wind des Westens und hofften auf ein Wunder.

Kapitel 3

Geheimnisse

Still war es im Haus. Otto genoss diese Ruhe. Mona war mit Sharj zum Geburtstag von diesem Jungen gegangen, diesem José. Er war Otto ein Dorn im Auge genauso wie Sharj. Seine Frau Claudia war zum Einkaufen gegangen. Wie immer würde dies etwas dauern. So hatte Otto Zeit seinen Gedanken freien Lauf zu lassen und über seine Zukunftspläne nachzudenken. Nur das Ticken der Uhr durchbrach die Stille.

Otto ging die Treppen hinauf in Sharjs Zimmer. Dort nahm er den Parfümflakon in Augenschein. Zärtlich streichelte er über das Fläschchen und bemerkte mit Wohlwollen, dass der Inhalt bereits zur Hälfte aufgebraucht war. Seine Lippen kräuselten sich und ein boshaftes Lächeln machte sich in seinem Gesicht breit. „Die werden mir alle in die Falle gehen. Alle! Diese Sharj und dieser Polizist … was weiß der denn schon? Und überhaupt … was der mir für Fragen gestellt hat … die tappen doch alle im Dunkeln. Und wenn meine Frau nicht mehr mitspielen will, dann muss ich auch hier zu härteren Mitteln greifen. Schließlich habe ich Beziehungen … gute Beziehungen … immer noch! Man kann Gift in alles mögliche mischen … wahrscheinlich sogar in Schokolade. Wenn ihr Krieg wollt, könnt ihr Krieg haben!“

Otto lachte laut.

Während Otto seine finsteren Pläne schmiedete, waren Sharj, Mona und José samt Lola am Grillplatz angekommen. Sie hatten ein Feuer entzündet und brutzelten die ersten Fleischstücke auf dem Rost. „Hey Lola, nicht so nah!“, sagte José und nahm seinen Hund auf den Arm. „Ich habe Angst, dass sie sich verbrennt.“

„Ach, das tut sie schon nicht“, antwortete Mona und tätschelte Lola liebevoll den Kopf.

„Die hat nur Hunger“, erwiderte Sharj.

„Ich weiß“, sagte José. „Aber ich möchte nicht, dass sie ständig bettelt und noch dicker wird.“

„Ach, sie wird schon nicht sterben, wenn

wir ihr ein Stückchen Fleisch abgeben“, sagte Mona lachend und warf dabei ihr blondes Haar in den Nacken.

José gefiel diese Geste. Überhaupt fand er Mona immer sympathischer. Deswegen hatte er beschlossen, sie in das Geheimnis einzuweihen.

Nachdem der erste Hunger gestillt war, nahm José all seinen Mut zusammen. Er wollte lässig wirken, doch seine Worte klangen trotzdem ziemlich hölzern: „Mona, ich finde es schön, dass du jetzt mit uns abhängst.“

Mona lachte verlegen: „Abhängst? Wie meinst du das?“ „Nun ja, dass du mit uns hier zusammen bist. Ich meine … wir waren doch immer uncool für dich.“

Sharj lachte nervös und Mona wusste nicht so recht, was sie sagen sollte.

„Ach, das ist doch Vergangenheit; ich bin gerne mit euch zusammen“, erwiderte sie. „Seit dem Camp sehe ich irgendwie alles mit anderen Augen. Das Leben ist nicht nur Schickimicki und Mode.“

„Stimmt“, sagte Sharj erleichtert „da hast du recht. Ich bin froh, dass du es so siehst. Inzwischen bist du fast wie eine echte Schwester für mich.“

„Ach, komm her“, sagte Mona und umarmte Sharj fest. Ihr standen Tränen in den Augen. „Verzeiht mir, dass ich immer so bescheuert zu euch war.“

„Nein“, sagte José. „Das warst du gar nicht. Äh, du sollst wissen, Sharj und ich –“

„Ihr seid ein Paar?“, fiel Mona ihm ins Wort.

„Nein.“ José wurde rot wie eine Tomate und auch Sharj stieg eine leichte Röte in die Wangen.

„Nein, nein“, erwiderte auch Sharj abwehrend.

„Wir sind kein Paar“, erklärte José bestimmt. „Wir sind so etwas wie Superhelden.“

Jetzt war es Mona, die überrascht schaute. Ihr sackte die Kinnlade ein Stück nach unten, was ihr einen leicht dümmlichen Gesichtsausdruck verlieh. „Superhelden? Was für Superhelden seid ihr denn?“

„Ach, nichts, Mona. José, der spinnt mal wieder!“ Sharj blinzelte ihm wild zu.

„Was blinzelst du denn so, Sharj?“, fragte Mona.

„Ich … ich hab nicht geblinzelt“, stotterte Sharj.

„Nein, gar nicht“, sagte Mona. „Was soll das hier bedeuten?“

„Nun, das ist so“, erklärte José, „wir können in andere Welten reisen.“

„In andere Welten?“, fragte Mona spöttisch. „Es gibt keine anderen Welten. Die Erde ist die einzige Welt, auf der wir reisen können. Oder wollt ihr mir sagen, ihr habt ein Spaceshuttle und könnt zum Mars fliegen?“

„Nein … was José sagen will, ist, … er hat geträumt, dass –“

„Ach Sharj“, stoppte José sie. „Es wird Zeit, dass wir ihr die Wahrheit sagen.“

„José, ich versteh nicht. Welche Wahrheit?“, fragte Sharj mit gespielter Entrüstung.

Aber José ließ sich von seinem Plan nicht abbringen und holte seinen Kompass raus. „Sharj, hol deinen auch raus!“, befahl er ihr.

Sharj zog die Mundwinkel nach unten und murmelte: „Gut, du willst es ja so."

Mona riss die Augen auf. „Also stimmt das?"

„Hm", meinte Sharj nur.

„Sieh mal, Mona", erklärte er ihr. „Auf diesem Kompass sind vier Symbole.

„Oh ja, darf ich ihn mal anfassen?"

„Klar doch."

„Das sind die Symbole für Wasser, Feuer, Erde und für Luft."

„Sehr gut, wir hätten dich von Anfang an mitnehmen sollen. Du hättest uns bestimmt öfter helfen können."

Sharj schaute ihn vorwurfsvoll an „José!"

„Nun ja, fällt dir sonst noch was auf?"

„Hm", sagte Mona. „Drei haben eine andere Farbe."

„Ja, das bedeutet, dass wir schon dort waren."

„Wie meinst du das, José? Dort waren? Wo wart ihr? Wart ihr schwimmen, dann seid ihr … hhmmmm … in einem Vulkan gewesen und dann habt ihr … hmm, lasst mich überlegen … ein Blumenbeet angelegt?"

„Nein, ach Mona“, beschwerte sich Sharj und hob dann hastig die Hand vor den Mund. „Aber ich mische mich am besten gar nicht erst ein“, sagte sie schnell.

„Also, es ist so –“, führte José seine Erklärungen fort, „wenn jemand Hilfe braucht, dann rappeln diese Kompasse und bringen uns an einen anderen Ort in einer anderen Welt.“

„Ah, ganz klar. Und welche Welt soll das denn sein … mit Wasser? Seid ihr da getaucht?“

„Nein, das war ganz anders“, mischte sich Sharj jetzt lachend doch ein. „Wir trafen einen Hasen. Du erinnerst dich doch noch? Den Hasen, den Claudia eines morgens fast überfahren hätte … als wir diese Projekttage hatten … unten am See … dort haben wir ihn gefunden. Plötzlich fing er an zu sprechen und bat uns, mit in seine Welt zu kommen.

„Klar“, nickte Mona.

„Doch, das stimmt. Wir mussten einem König das Wasser des Lebens bringen, um ihn zu retten – was wir natürlich ganz klar geschafft haben.“

„Und wir hatten uns verwandelt“, sagte Sharj eifrig. „Ich war eine Elfe.“

„Und ich …“, José stellte sich hin und schlug sich auf die Brust, „ich war ein Drache!“

„Ja“, spottete Sharj, „und du hast fast den ganzen Wald abgefackelt.“

„Nun, sowas tun Drachen eben.“

Mona schaute die beiden an, als hätten sie den Verstand verloren. Auch Lola benahm sich merkwürdig. Sie tänzelte José um die Beine und schien wie ein Hase zu mümmeln.

„Sieh mal, vielleicht versteht Lola das Wort Hase.“ Sharj ging in die Hocke und nahm Lola lächelnd in den Arm.

„Und, ähm, musstet ihr da auch gegen gruselige Gestalten kämpfen oder war alles lässig?“

„Oh, natürlich“, sagte José. „Da waren diese grässlichen Stumps. Aber ich habe sie alle erlegt!“

„Stumps? Was bitte, sind Stumps?“

„Stumps, das sind so kleine haarige Wesen, die haben nur ein Auge im Gesicht.“

„Aha", sagte Mona gelangweilt. „So wie Zyklopen? Ihr beide habt wohl zu viele Schundromane gelesen? Was wollt ihr mir denn hier erzählen?"

„Nein, es stimmt alles, Mona!"

„Ach ja? Und das zweite Symbol, das Feuer?"

„Oh, das war total spannend. Wir sind nach Luciera gereist. Das ist eine Welt, die hatte kein Licht."

„Aha, deswegen heißt sie wohl auch Luciera, oder? Wie logisch."

„Nun ja, einst hatte sie Licht", ereiferte sich Sharj. „Aber die Dajanen – das sind Vampire – hatten den Feuerkristall versteckt und wir mussten ihn wiederfinden. So gaben wir der Welt das Licht zurück."

„Vampire? Aha. Und was war mit dem Symbol Erde?"

„Oh, du glaubst es nicht. Das war, als du im Camp warst. Unsere Kompasse haben gerappelt, als wir gerade mit den Fahrrädern unterwegs waren. Sharj und ich wurden an unterschiedliche Orte transportiert."

„Das ist wahr", bestätigte Sharj. „Wir kamen in eine Welt – Terra Salinas hieß sie – mit einem Herrscher, der alle Kinder versklaven wollte. Er hieß Mula und verwandelte Kinder in Roboter, weil er so eine Armee aufstellen wollte.“

„Hm, ist ja total interessant“, zog Mona die beiden auf und gähnte laut. „Da ist ja jede Gute-Nacht-Geschichte besser.“

„Aber nein! Es stimmt! Mona, ich schwöre es dir!“ Sharj schaute sie beschwörend an.

„Gut“, sagte Mona gleichgültig. „Ist noch Salat da?“

„Aber Mona, verstehst du nicht? Uns fehlt noch ein Symbol.“

Jaja, Luft. Hey, vielleicht fliegt ihr ja mit ‘nem Doppeldecker, was weiß ich … zum Mond und rettet die Mondmenschen, die … äh … den Mann im Mond suchen, weil der seine Laterne verloren hat?“

„Hach, du glaubst uns nicht“, sagte José.

„Äh, nein“, lachte Mona. „Aber danke für den Versuch, mir so eine Geschichte aufzutischen.“ „Also, für was sind jetzt diese Kompasse da?“

Sharj und José schauten sich an. „Das haben wir dir doch gerade erklärt!“, riefen sie wie aus einem Mund und selbst Lola bellte wie zur Bestätigung.

„Nun gut, wenn ihr darauf besteht, dann ist das halt so. Schon eine komische Art mir beizubringen, dass ihr ein Paar seid, oder? Das ist euch schon klar?“

„Wir sind kein Paar“, sagte Sharj.

„Aber ich hätte eigentlich nichts dagegen einzuwenden“, erwiderte José und kratzte sich verlegen am Kopf.

Genau in diesem Moment rappelten die Kompasse.

„Es geht los!“

José nahm Sharj an die Hand. Sharj griff nach Monas Hand und Mona klammerte sich an José, der Lola mit seiner freien Hand auch noch festhielt. Gebannt starrten sie auf die Kompasse, die immer lauter brummten, bis das Brummen in ein Dröhnen überging. Plötzlich spürten sie diesen Sog. José und Sharj wussten, was nun kam. Für Mona war es das erste Mal. Es fühlte sich an, als ob sich tausend Bienen in ihrem Kopf verirrt hätten. Sie wusste weder wo oben, noch wo unten war und schloss die Augen.

Das kann nur ein Traum sein, dachte Mona. Sie fiel und landete gemeinsam mit ihren Freunden – in einer fremden Welt.

Kapitel 4

Sampa

Ein junger Mann beobachtete die vier Abgesandten, wie sie zum Tempel eilten und beteten. Ein böses Lächeln umspielte seine schmalen Lippen. Er wusste, warum die Winde verschwunden waren.

Sampa war der einzige Sohn des Ältesten von Wegel. Schon als Kind blieb er lieber für sich alleine statt mit anderen Kindern zu spielen. Ihn interessierten Forschung und Wissenschaft. Warum ist etwas so und woher kommt es? Diesen Fragen ging er nach. Seinen Vater hielt er für zu altmodisch. Neue Technologien mussten her. Statt nur Öl für Spindeln und Lampen zu fördern, müsste man sich auch andere Wirtschaftsfelder erschließen – sich ausdehnen, groß denken.

Sein Vater spielte da nicht mit. Die Wegels waren durch ihr Öl das reichste Volk auf Vintosa. Aber Sampa war sich sicher, dass man noch mehr erreichen und ganz Vintosa alleine beherrschen könnte – ohne die anderen drei Völker.

Was können die denn schon? Die Osander

produzieren doch nur Kleinkram wie Baumwolle, Tücher und Seile. Das ist doch nichts. Erz schmelzen für die Metallherstellung wie die Nostren – das kann doch wirklich jeder. Und erst die Suhais mit ihrer Landwirtschaft. Bienen – ist doch lächerlich! Das können die Wegels auch selbst und bestimmt besser. Man muss den anderen Völker nur zeigen, wo es lang geht.

Herrscher von Vintosa werden, diesen Plan verfolgte Sampa schon lange. Und so hatte er das ein oder andere Detail aus seinem Plan bereits umgesetzt.

Bei einer Handelsreise in den Osten hatte er einen kleinen Schädling in den Feldern ausgesetzt. Die Auswirkungen auf die Baumwollernte waren mit Sicherheit bereits spürbar.

Und bei den Nostren hinterließ er ein wenig Säure, mit der er experimentiert hatte und die Metall mürbe und unbrauchbar machte.

In Suhai hatte er anlässlich einer anderen Reise heimlich Samen einer fleischfressenden Pflanze fallen lassen. So hätten die

Bienenvölker zukünftig ums Überleben zu kämpfen.

Kleine Details, vielleicht am Anfang ohne große Wirkung. Das war Sampa egal, denn die Wirkung würde mit der Zeit auf jeden Fall sichtbar werden. Er hatte Zeit. Wenn da nur seine Mutter nicht gewesen wäre.

Er vermisste sie schrecklich, das schon, aber sie war ihm auf die Schliche gekommen. Seine Mutter war eine Seherin und konnte deshalb mit den Windgeistern sprechen, wenn sie alleine war – denn diese Gespräche waren niemals für die Ohren Dritter bestimmt.

Als sie starb, schien sie gerade in einer Beratung mit dem Windgeist der Wegels zu sein. Sampa hatte sie beobachtet und versuchte, sie zu belauschen. Aber sie entdeckte Sampa und genau in diesem Augenblick erstarrte seine Mutter plötzlich und sackte in sich zusammen.

Sampa hatte sie wirklich gemocht, aber wenn sie seinen Zielen im Weg stand, dann war es besser so. Und so hielt sich seine Trauer in Grenzen.

Es war nur logisch, dass er die Geister nun auch verschwinden lassen musste, denn er konnte kein Risiko eingehen. Niemand durfte von seinen Plänen erfahren. Seine Mutter war sicher nicht die einzige Seherin.

Sampa lachte in sich hinein. „Ihr dummen Männer. Da könnt ihr vier lange beten. Die Geister habe ich gut versteckt. Sie werden nicht wiederkommen."

Kapitel 5

Ankunft in Vintosa

Mona hatte die ganze Zeit ihre Augen fest zugekniffen. Erst als sie wieder Boden unter den Füßen hatte, wagte sie zunächst ein Blinzeln und öffnete dann ganz vorsichtig die Augen und sie sah: Nichts. Um sie herum war es stockdunkel.

„Wo sind wir?“, hörte sie Sharj fragen.

Josés Stimme antwortete: „Ich weiß nicht. Aber wir scheinen den Ort zum letzten Symbol auf unserem Kompass erreicht zu haben – dem Wind-Symbol.“

Josés Worte machten es Mona erst so richtig bewusst, dass dies kein Traum war und dass die beiden ihr die Wahrheit gesagt hatten.

Etwas leckte warm und feucht über ihre Hand.

„Lola“, sagte sie liebevoll.

Sharj rief: „Mona, Lola, ihr seid auch da?“

„Ja“, antwortete Mona.

„Dann scheint es, dass wir alle zusammen gereist sind“, erwiderte José. „Mona, bitte bleib ganz ruhig. Es kann sein, dass du nicht mehr deine ursprüngliche Gestalt hast.“

„Wie meinst du das?“, fragte sie mit ängstlichem Zittern in der Stimme.

„Wir haben ja vorhin versucht, es dir zu erklären. Bei unserer ersten Reise war ich ein Drache und Sharj eine Elfe. Danach wurde Sharj eine Vampirin und ich ein Wassermann. Beim dritten Mal ging es für mich recht günstig aus. Ich war menschlich, aber Sharj war ein Roboter.“

„Oje.“ Mona fing an sich abzutasten. „Ich denke, alles an mir ist menschlich, auch wenn ich irgendwelche komischen Sachen in den Haaren habe und ich mich etwas anders fühle. Aber zumindest habe ich wohl eine menschliche Gestalt“.

„Gut.“

José und Sharj befühlten sich ebenfalls und lachten.

„Uff, ich glaube, wir sind auch menschlich. Ich habe irgendeine Mütze auf dem Kopf“, sagte José. „Die ist wie festgeklebt … und richtig warme Sachen hab ich an.“

„Hm, also ich habe irgendwie was Luftiges an“, erwiderte Sharj.

Gemeinsam streckten sie ihre Hände nach Lola aus.

„Lola scheint sich extrem verändert zu haben. Sie ist kräftiger, dicker … und sie hat irgendwas auf dem Kopf. Komisch."

José ging ein paar Schritte nach vorne. „Ich glaube, wir sind in einem geschlossenen Raum." Er tastete sich die Wand entlang. „Hallo", rief er ins Nichts und seine Stimme wurde blechern von den Wänden zurückgeworfen. „Wir haben ein Echo. Das bedeutet, dass wir in einem hohen, leeren Raum sind. Keine Gardinen, nichts, was den Hall meiner Stimme vermindern könnte."

„Also sind wir eingeschlossen?", fragte Mona.

„Ach Mona, beruhig dich", erwiderte Sharj. „In der Regel dauert es nicht lange und dann kommt jemand und befreit uns. Lasst uns mal rufen."

„Haaalloo", riefen sie mit vereinten Kräften und Lola untermalte es mit einem kräftigen Bellen, das eigentlich so gar nicht zu dem kleinen süßen Welpen passte.

Die vier Ältesten standen vor dem Tempel und beteten. „Darin tut sich was“, sagte der Anführer der Wegel. „Ich hab es euch doch gesagt Leute! Wenn wir gemeinsam beten, dann … dann kommt unser Geist zurück.“

„Das sind mehrere Stimmen. Da hat sich wohl jemand einen Streich erlaubt und hier Kinder eingesperrt. Hast du den Schlüssel dabei?“, fragte der Osander.

„Schon, aber doch nur für den Notfall …“

„Nun denn, wenn das kein Notfall ist …“, mischte sich jetzt auch der Anführer der Suhais ein.

„Ist ja schon gut.“ Umständlich kramte der Wegel seinen Schlüssel heraus und steckte ihn in das Schloss. Ein kurzes Klacken ertönte und eine niedrige, in die Steinwand eingelassene Tür schwang auf. Von außen war sie kaum zu erkennen. Da die Wegels nicht besonders groß waren, konnte er bequem durch die Tür in den großen, dunklen Tempelraum eintreten. Und als er wieder herauskam, trauten die drei anderen ihren Augen nicht. Hinter ihm gingen zwei junge Frauen – eindeutig eine Osander und eine

Suhai, ein Mann – offensichtlich einer der Nostren – und ein Vierbeiner, sicher ein Wegel.

„Wie seid ihr da reingekommen? Seid ihr uns gefolgt?“

Die Freunde schauten sich gegenseitig an. Es war Sharj, die zuerst das Wort ergriff. „Nun, wir kommen von sehr weit her.“

Mona hielt sich im Hintergrund. Sie war froh, dass sie in menschlicher Gestalt waren und ebenfalls Menschen gegenüberstanden. All das konnte nur ein Traum sein. Dessen war sie sich sicher. Gleich würde sie aufwachen und über ihren merkwürdigen Traum lachen.

„Von weit her, also?“, fragte der Osander. „Es sieht so aus, als wärst du eine von meinem Volk. Dann bist du mir gefolgt.“

„Nein“, mischte sich jetzt José ein. „Niemand ist hier irgendjemandem gefolgt. Wir kommen von einer anderen Welt, von der Erde, und immer, wenn eine Welt in Not ist, werden wir dorthin transportiert, um zu helfen. Seht uns nicht als eure Feinde, sondern als Verbündete.“

Die Ältesten zogen sich zurück, drehten ihnen den Rücken zu und tuschelten. Sharj verstand einzelne Wortfetzen:

„Ja, … können es versuchen."

„Ich trau ihnen nicht …"

„… sehen aus wie wir."

„… noch nie von einer Erde gehört."

Doch irgendwann drehten sie sich wieder um und erklärten, dass sie nichts zu verlieren hätten.

Die Freunde wurden in das Unglück von Vintosa eingeweiht. Auch Lola stand daneben und hörte mit zu. Sie hatte die größte Veränderung durchgemacht. Nun sah sie wie ein großer, muskulöser Hund aus und trug eine Pilotenbrille. Ihr Gebiss war stark und breit, und es sah aus, als ob sie kleine Haifischzähne hätte; außerdem war ihre Zunge blau. Offensichtlich kannte man hier solche Tiere, denn niemand hatte Angst vor ihr.

Man erzählte ihnen, dass vor einiger Zeit die Windgeister verschwunden waren. Und diese waren unverzichtbar für das Überleben der Welt Vintosa. Ohne die Geister gab es keinen Wind. Nur mit Wind funktionierten die Landwirtschaft und der Handel, denn der fand mit Luftschiffen statt. Jedes Volk hatte andere. Ausführlich wurden die Unterschiede erklärt.

Der Anführer der Wegels bestand darauf, dass sich die Freunde normal unters Volk mischen und Fragen stellen durften. Sie sollten sich aber nicht zu erkennen geben. Keiner sollte wissen, dass sie aus einer anderen Welt gekommen waren. Denn das könnte das Vertrauen der Dorfbewohner in die Ältesten schwächen.

Ausgerüstet mit allen notwendigen Informationen über die Welt Vintosa und dessen Völker gingen die vier in Richtung des nächsten Dorfes, um dort mit ihren Recherchen zu beginnen.

Kaum hatten sie sich von der Gruppe der Ältesten entfernt, rief Mona: „Wow, wie ihr ausseht! Ich würde auch gerne wissen, wie ich aussehe."

„Sehr cool, Mona", grinste José und zwinkerte ihr zu. „Und du Sharj, du bist wunderschön … so geheimnisvoll mit diesem grünen Tuch. Deine Lippen sind blau und du hast Tattoos im Gesicht."

„Ich hab Tattoos im Gesicht?", fragte Sharj und befühlte ihr Gesicht.

„Ja! Und ich, ich bin ziemlich klein, oder?", fragte José. „Außerdem hab ich eine Mütze auf."

„Ja, weil du aussiehst wie jemand vom Volk der Nostren. Da ist es bestimmt ziemlich kalt."

„Oje, wenn wir da hinmüssen, werde ich aber frieren mit meinen dünnen Tüchern."

„Ich wahrscheinlich auch." Mona schaute an sich herab. „Was hab ich da eigentlich an? Sind das Pumphosen?"

„Lustig, wie aus Tausend und einer Nacht", fand José lachend. „Außerdem hast du Federn im Haar."

„Oh!"

„Und eine wunderschöne Haarpracht", ergänzte Sharj.

Mona errötete leicht und schaute hinab zu Lola. „Nun ja, Lola sieht auch lustig aus."

Wie auf Kommando bellte Lola.

„Ob sie uns versteht?", fragte Sharj.

„Da bin ich mir sicher“, antwortete José. „Dieser Hund ist etwas ganz Besonderes.“

„Und jetzt ein außergewöhnlicher Wegel“, ergänzte Mona lachend.

Sie erreichten die ersten Häuser.

„So, dann lasst uns mal unser Glück versuchen“, sagte José und ging zielstrebig ins Dorf hinein.

Kapitel 6

Im Dorf

Mona war sich immer noch sicher, dass dies alles nur ein Traum war. Sie stürmte ausgelassen wie ein kleines Kind in das Dorf hinein. Dabei lachte und hüpfte sie – lief dauernd vor und kam immer wieder zurück. José und Sharj schauten sich das eine Weile an. Dann schritt Sharj ein.

„Mona!“, ermahnte sie ihre Freundin und Pflegeschwester. „Wir sind hier nicht zum Vergnügen.“

„Aber, aber …“, stotterte Mona. „Das ist doch alles nicht echt. Wir wachen ohnehin gleich auf. Also lasst uns ein bisschen Spaß haben.“

„Hier wird niemand aufwachen“, erwiderte José. „Das ist kein Traum, Mona!“.

Lola bellte und hechelte. Dabei hing ihr die blaue Zunge ein wenig aus dem Maul. Als die drei das sahen, mussten sie lachen.

„Gut, ich werde mich anpassen“, sagte Mona etwas patzig. „Das Dorf sieht fast so aus wie bei uns zuhause – eigentlich ist es eine kleine Stadt“, sinnierte Mona, „… eine

Arbeiterstadt. Ein bisschen schmutzig, kleine Häuser, roter Backstein."

„Du hast recht", erwiderte José, „es erinnert mich ein bisschen an Liverpool – eben nur kleiner."

„Liverpool?" fragte Sharj.

„Ja, die haben dort viel Industrie und irgendwie ist es hier ähnlich."

„Schaut, da vorne steht eine Frau."

„Wo?", fragte Mona und sah sich um.

„Da vorne, bei dem hellen Haus."

„Oh, ich sehe sie. Lasst uns ganz langsam zu ihr gehen."

Als sie die Frau erreicht hatten, sprach Sharj sie vorsichtig und sehr höflich an.

„Seid gegrüßt, gute Frau."

„Oh, euch schickt der Himmel", erwiderte diese irgendwie erleichtert. „Kommt herein!"

Ihr Blick fiel auf Lola.

„Darf sie mit rein?", fragte Sharj.

„Ach, natürlich. Meine Kinder hatten auch mal einen Wo. Aber leider ist er weggelaufen. Wir hatten für ihn nicht mehr genug zu fressen. Ist das eurer?"

„Jetzt schon“, antwortete Mona lachend. „Er ist uns zugelaufen und weicht uns seitdem nicht mehr von der Seite.“

Mona wunderte sich, wie leicht Sharj diese Lüge über die Lippen ging.

„Ihr gehört zu den Gesandten? Alle denken, wir wüssten nichts davon. Aber wir wissen alles. Natürlich haben wir gesehen, dass eure Männer am Tempel waren. Und du? Du wolltest wohl nicht mitgehen?“

Sie blickte José an.

„Nein, nein! Es ist ...“

„Ich verstehe schon. Dein Vater ... und du musst bei den Frauen bleiben. Nun ja, viel zu essen kann ich euch nicht anbieten. Aber, möchtet ihr Wasser?“

„Das wäre toll. Ich bin fast verdurstet“, rief Mona theatralisch.

„Dann setzt euch doch. Wie lange bleibt ihr?“

„Nun, solange wie nötig“, erwiderte José knapp.

„Was wisst ihr über die Windgeister?“, fragte Sharj die Frau.

Die Frau kräuselte die Nase und schaute

Sharj merkwürdig an.

Sharj korrigierte sich sofort. „Nun, wie ... wie sind sie verschwunden?“

„Ach“, sagte die Frau erleichtert. „Plötzlich waren sie weg. Aber es gab da eine Situation –.“

„Ja –?“, fragte José.

„Die Frau unseres Ältesten, sie starb und kurz darauf waren die Geister verschwunden. Nicht ausgeschlossen, dass sie die Geister mitgenommen hat.“

„Mitgenommen, wohin?“, fragte Mona leichthin. Die Frau schaute Mona an, als wäre sie von Sinnen.

„Na, auf die andere Seite. In das Reich der Toten.“

„Ach“, sagte Mona, „ich glaube, da könnten die Geister nicht viel ausrichten. Nein, das hat sie bestimmt nicht getan.“

Und Mona nahm die Hand der Frau und tätschelte sie beruhigend. Die Frau zog ihre Hand verwirrt zurück.

„Sind alle Suhais so?“, fragte sie José. Er lachte.

„Nicht alle, aber sie ist ein ganz besonderes

Exemplar."

Die Frau lachte nervös. „Ähm, ich bin übrigens Sea."

„Oh, wir haben uns nicht vorgestellt", sagte Sharj. Sie überlegte rasch, ob ihre Namen in diese Welt passten, aber sie stammten ja aus einem anderen Volk als Sea, also sagte sie: „Ich bin Sharj, er ist José, und sie ist Mona."

„Oh, das sind ja tolle Namen. Hier ist übrigens Kia, " sagte die Frau.

Ein kleines Mädchen mit schmutzigem Gesicht lugte um die Ecke.

„Komm her, du brauchst keine Angst haben", rief die Mutter ihrer Tochter zu.

Das Mädchen stellte sich etwas schüchtern vor die Gruppe.

„Ihr habt einen Wo?"

Kaum hatte sie Lola erblickt, wurde sie mutig und schloss Lola in die Arme. Dann schaute sie von einem zum anderen. Ihr Blick blieb an Mona hängen.

„Du … du hast Zauberfedern!"

„Nein, das ist nur Schmuck für mein Haar."

„Mama, sie hat Zauberfedern!", rief das

Mädchen laut und deutete auf die Federn in Monas Haar.

Die Mutter lachte und erklärte ihr: „Nun, die Suhais haben Zauberfedern. Aber die sind sehr selten. Und wenn die Frau dir sagt, dass es nur Haarschmuck –"

Mona lächelte nervös.

„Erzählt mir mehr über Zauberfedern", bat José.

„Es heißt, dass sie damit Wasser und andere Dinge finden können."

„Genau Mama, ihre Feder hat sich gebeugt – zum Wasserkrug. Das sind Zauberfedern."

Sharj wurde die Tragweite dieser Worte bewusst und sie erwiderte schnell: „Ja, mein Kind. Aber sie finden wirklich nur Wasser."

„Schade, vielleicht hätten wir einen Schatz finden können oder Essen."

Die Mutter schaute ihre Tochter traurig an.

„Ihr hattet eine lange Reise", sagte die Frau. „Ich kann euch meine Scheune anbieten, dort könnt ihr schlafen."

„Das ist sehr nett", erwiderte José. „Kommt mit.

Gemeinsam betraten sie eine kleine, leere Scheune.

„Hier könnt ihr schlafen. Ich stelle euch noch einen Krug Wasser hin. Morgen können wir weitersprechen."

Sharj wunderte sich über das abrupte Ende der Unterhaltung; doch sie widersprach nicht.

Tatsächlich waren alle müde. Sie bauten sich jeder einen bescheidenen Schlafplatz auf dem kalten Boden. Lolas gleichmäßiges Schnarchen ließ sie schnell einschlafen. Mona hatte so viele Fragen, aber die Müdigkeit siegte. Doch plötzlich bewegte sich etwas vor ihr.

„Halt!", rief Mona.

„Ich bin es nur ..."

Sie hörte die Stimme des kleinen Mädchens.

„Was machst du hier?"

„I-ich ...", stotterte es und begann zu weinen. Die Wörter kamen nur gepresst heraus.

„Ich wollte dir eine Feder stehlen", sagte es schließlich.

„Aber warum denn? Es sind doch nur Federn.“

„Ja, aber wir haben nichts zu essen und wenn sie doch Wasser finden, könnten sie doch auch Essen finden. Wir haben so großen Hunger.“

Mona nahm das Kind in ihre Arme.

„Meine Kleine. Ich verspreche dir, ihr werdet bald wieder Essen haben.“

„Wirklich?“, fragte das Kind mit großen Augen.

„Ganz sicher. Aber das geht nur, wenn du mir keine Federn stiehlst.“

„Entschuldigung und Danke schön!“

Das Kind presste einen Kuss auf Monas Wange und verschwand genauso schnell, wie es aufgetaucht war.

Sharjs Stimme ertönte aus der Dunkelheit: „Gut gemacht, Mona.“

„Oh ja“, sagte José. „Man könnte meinen, du wärst schon immer mit uns unterwegs gewesen.“

„Ha“, erwiderte Mona, „das ist doch alles nur ein Traum.“

„Nein!“, riefen Sharj und José gleichzeitig. „Das ist kein Traum! Wann verstehst du das endlich?“

Aber wenn du Zauberfedern hast … vielleicht können die uns wirklich helfen.“

„Bei was denn?“, fragte Mona.

Sharj antwortete: „Hast du unsere Mission vergessen? Wir sollen die Windgeister wiederfinden!“

„Oh ja, die Windgeister“, sagte Mona nicht gerade interessiert. „Ich bin jetzt nur müde. Lasst mich einfach schlafen.“

Und als wenn nichts gewesen wäre, ertönte ein leichtes, sanftes Schnarchen.

„Meinst du, sie wird irgendwann verstehen, dass dies kein Traum ist?“

„Bestimmt“, sagte José.

„Hm, wenn du meinst ... lass uns weiterschlafen.“ Sharj legte das Gesicht auf ihre Hände und schlief in bequemer Seitenlage ein. Nur José – er lag noch lange wach.

Kapitel 7

Lola

Eigentlich hatte König Sloma Amur zurückgeschickt, um Sharj vor Otto zu warnen. Einmal hatte er sie schon beschützen, den Anschlag vereiteln können, indem er das Gift im Parfümflakon durch Wasser ersetzt hatte.

Doch jetzt war er machtlos - hier auf Vintosa. Hätten sie ihn nur nicht festgehalten, als der Strudel sie hierher zog, dann wäre er noch in Sharjs und Josés Welt und in der Lage etwas ausrichten. Aber jetzt und hier?

Doch wie sagte sein Ziehvater stets? Mache immer das Beste aus einer Situation.

In der Nacht während die anderen schliefen, hatte Lola herausgefunden, dass sie Steine zerbeißen, zu Pulver zermalmen konnte. Der Wo war schon gespannt darauf, diese erstaunliche Entdeckung vorzuführen. Während er hinter seinen drei Freunden herlief, gingen ihm viele Gedanken durch den Kopf:

„Interessant, dass diesmal Mona dabei ist.

Sie ist ein passables Mädchen und scheint mich gern zu haben. Obwohl sie Angst vor mir hatte, als ich in Gestalt eines Hasen zum ersten Mal dort war. Nun ja, sie hatte schließlich meinen Talisman gefunden und den musste ich zurückhaben. Ohne wäre ich nicht zu meinem König zurückgekommen.

Doch diesmal ist es anders. König Sloma hat mich durch einen Zauber wieder hergeschickt. Aber war es nötig, dass er mich ausgerechnet in einen jungen Welpen verwandelte? Ich habe so oft versucht, auf mich aufmerksam zu machen, mich anders zu verhalten als andere kleine Welpen – aber niemand hat es wirklich gecheckt. Wenn ich doch nur reden könnte ...

Hauptsache ich kann meinen Auftrag erfüllen und es geht Sharj gut. Ihr Pflegevater Otto plant tatsächlich sie umzubringen. Nur weil er an ihr Erbe will. Aber das darf er nicht. Ich werde das zu verhindern wissen. Und sobald mir das gelingt, komme ich wieder zurück in meine Welt.

Das ist ein ganz mächtiger Zauber, den

Sloma sich mit den Priestern ausgedacht hat. Ich hoffe nur, dass der kleine Hund dann wieder normal wird und vergisst, dass ich da war. Denn das ist so besonders an dem Zauber. Wenn wir eine fremde Gestalt angenommen haben und wieder gehen, soll derjenige sich nicht mehr daran erinnern und normal weiterleben können. Dann wird Lola ein ganz normaler Welpe sein. Aber ich bin davon überzeugt, dass José sie auch so liebhaben wird.

Viel wissen wir ja nicht von dieser Welt. Sie wird von Winden beherrscht, die offensichtlich verschwunden sind. Ich kann Steine beißen und Mona hat augenscheinlich Zauberfedern, die Wasser anzeigen. Mal sehen, was wir noch so herausfinden.

Oh, die drei laufen schneller. Da muss ich mich beeilen. Das ist anstrengend. Ich bin hier einfach zu schwer. Wahrscheinlich sind alle Wos – so heißen die Hunde hier – übergewichtig.

Jetzt sprechen sie mit einem Mann. Er heißt Sampa. Mir gefällt dieser Kerl gar nicht. Er verbirgt irgendetwas. Wenn er spricht, dann kann man ihm nicht in die Augen sehen. Das gefällt mir nicht. Und er verströmt Angst. Ich kann es riechen. Wenn ich den anderen doch etwas davon sagen könnte.

Der junge Mann erzählt, dass seine Mutter gestorben ist. Das tut mir natürlich leid für ihn. Aber bei ihm spüre ich etwas anderes. Ihm tut es nämlich nicht leid. Da ist keine wirkliche Trauer. Nichts!

Er gibt den dreien eine Karte und erklärt etwas über diese Welt. Er zeigt ihnen ein Brett, nennt es Flugbrett. Es ist wahnsinnig groß und hat rechts und links jeweils zwei kleine Flügel. Wie bei Flugzeugen, nur kleiner. Interessant! Und es schillert in verschiedenen Farben – Perlmutt? Wunderschön! Ich muss mir das näher ansehen und kann meine Nase nicht zurückhalten. Oh, jetzt hat mich dieser Kerl doch glatt in die Seite getreten und will mich verscheuchen. Aber sofort ist Mona da. Sie beschützt mich. Danke, Mona!

Sampa erzählt jetzt, dass sie früher mit diesem Brett geflogen sind. Die anderen Völker auf dieser Welt sollen jeweils andere Fortbewegungsmittel haben. Auch über die sonstigen Unterschiede in den jeweiligen Ländern erzählt er was. Aber dann prahlt er nur noch. Beim Volk der Wegel ist dies besser … die Wegel können das besser … Ich kann das gar nicht mitanhören. Mir scheint, dass er für die anderen nur Spott und Verachtung übrighat. Mir gefällt dieser Sampa nicht.

Endlich! Sie verabschieden sich. Und ganz schön klug, sie machen sich genau in die entgegengesetzte Richtung auf. Den sind wir also erst einmal los.“

Kapitel 8
18

Die Suche beginnt

Mona setzte Lola liebevoll wieder auf den Boden.

„Puh“, sagte sie. „Komischer Typ, dieser Sampa! Ein unangenehmer Zeitgenosse.“

„Unangenehm sagst du? Für mich ist er ein Unmensch“, erwiderte José.

„Ich würde sagen, wir machen genau das Gegenteil von dem, was er uns empfohlen hat“, schlug Sharj vor. „Lasst uns in genau der anderen Richtung suchen.“

„Da hast du Recht“, sagte José. „Das machen wir. Mir ist der Kerl unheimlich. Der sagt nicht die Wahrheit.“

„Und wie er Lola behandelt hat!“, ereiferte sich Mona. „So ein Ekel. So ein böser, böser Mensch“, flüsterte sie Lola ins Ohr und tätschelte ihr beruhigend den Kopf.

„Mir ist etwas aufgefallen. Aber um meine Theorie zu bestätigen, müssen wir erst mit ein paar Dorfbewohnern sprechen.“

„Was ist dir aufgefallen?“, fragte Sharj.

„Nun ja, auf diesem Flugbrett – für mich sah es aus wie ein gigantisches Surfbrett –

klebte Lehm. Und den gibt es hier nirgendwo. Er muss vorher irgendwo gewesen sein, wo es Lehm gab."

„Nun, die Wegel sind Händler", sagte Mona. „Wahrscheinlich gibt es eine lehmreiche Gegend in einem der anderen Länder. Und vielleicht hat er da irgendwas hingebracht oder geholt."

José schaute Mona an.

„Du sagst es! Er hat dort bestimmt etwas versteckt und wir sollen das nicht finden. Wir müssen dahin. Ich muss nur fragen, wo es Lehmboden gibt."

Sharj erwiderte: „Das könnte aber gefährlich werden, denn wir sind ja aus den anderen Ländern – und wenn wir unsere eigene Bodenbeschaffenheit nicht kennen –, da werden die doch misstrauisch!"

„Da könntest du Recht haben."

Wie aufs Stichwort spuckte Lola einen großen Lehmklumpen aus.

„Lola! Den hat sie gefuttert, als sie an diesem Flugbrett war. Deswegen hat Sampa sie weggestoßen."

„Getreten ist wohl das bessere Wort", sagte José und nahm den Lehmklumpen in die Hand. „Riecht ein bisschen wie Vogelmist und schaut, da ist eine Feder drin."

Er zerrieb den zähen Lehm mit den Fingern.

„Suhai!" riefen alle wie aus einem Munde. „Bei den Suhais!"

„Also bei meinem Volk", sagte Mona. „Dann los, lasst uns gehen."

Sie kehrten zu den vier Abgesandten zurück und teilten ihnen mit, dass sie eine Spur hätten, aber etwas Proviant für die Reise haben müssten.

Die Männer waren neugierig und bedrängten sie mit vielen Fragen.

Aber José bestand darauf, dass die Spur geheim war. Niemand durfte in ihre Pläne eingeweiht werden.

Irgendwann hörten die Abgesandten auf weiter nachzubohren. Stattdessen knapsten die Männer etwas von den wenigen Lebensmitteln ab und stellten den drei Reisenden und Lola einen bescheidenen Proviant zusammen, der hauptsächlich aus nahrhaften

Blättern und Wasser bestand.

Mit guten Wünschen und der Hoffnung auf Erfolg im Gepäck, machten sie sich auf den Weg.

Die Sonne brannte vom wolkenlosen Himmel. Sie waren es nicht gewohnt, soviel Gepäck zu tragen. Es wäre toll gewesen, wenn sie wenigstens ihre Fahrräder dabeigehabt hätten. Aber so kamen sie nur mühsam voran und nach zwei Stunden legten sie die erste Pause ein. Sie tranken Wasser und kauten auf den trockenen Blättern herum. Mona verzog das Gesicht. „Uuh, ist das ekelig."

José faltete die Karte auseinander. „Wir sind ungefähr hier", er zeigte mit dem Finger auf die Karte.

„Woher willst du das wissen?", fragte Mona.

„Nun, siehst du die Linien hier auf dem Boden?"

„Oh, die sind mir ja gar nicht aufgefallen."

„Mir auch nicht", sagte Sharj.

„Das sind Linien, die sie aus der Luft gut sehen können, Markierungen. Total praktisch für Flugreisende."

„Ziemlich durchdacht", sagte Sharj. „Du hast recht, hier steht eine achtzehn und auf dem Boden dort ist auch eine achtzehn."

„Hm", erwiderte Mona, „ziemlich einfach, oder? Kommt euch das nicht zu simpel vor?"

„Wie kann es zu einfach sein, wenn es euch nicht aufgefallen ist?", erwiderte José. „Und ohne Karte kann man mit den Markierungen auf dem Boden sowieso nichts anfangen."

„Hm, wir haben eine Karte. Auf der Karte stehen diese Ziffern. Zufällig finden wir die Ziffern auf dem Boden – für mich ist das viel zu einfach. Aber mir ist das auch egal. Ist ja sowieso nur ein Traum."

„Ist es nicht!", riefen die beiden anderen.

„Wir könnten diesen Weg hier nehmen. Der ist vielleicht etwas kürzer." José deutete auf die Landkarte. „Auf dem Plan ist er aber nicht eingezeichnet. Was meint ihr?"

„Die Karte ist dort dunkler. Vielleicht gibt es dort einen Wald oder wenigstens ein paar Bäume. Etwas Schatten. Ich finde es ganz schön heiß."

„Also abgemacht. Wir nehmen diesen Weg. Lasst uns aufbrechen."

Sie verstauten ihre Utensilien und gingen auf dem nicht gekennzeichneten Weg weiter.

Die Landschaft änderte sich langsam. Bisher war der Boden mit einem feinen Netz aus Trockenheitsrissen durchzogen. Dieses Netz wurde immer grobmaschiger und verschwand nach und nach. Monas Federn bogen sich immer mehr nach vorne.

„Dahinten scheint alles grün zu sein. Hoffentlich eine Oase", sagte Sharj.

„Das könnte sein."

„Hm, vielleicht aber auch nur eine Halluzination."

„Nein", erwiderte Mona. „Wir haben genug getrunken und meine Federn zeigen dorthin. Das ist keine Einbildung."

Nach und nach erreichten sie die ersten Pflanzen. Sie wuchsen niedrig und breiteten sich wie ein Teppich auf dem Boden aus. Je weiter sie liefen, umso üppiger wurden die Pflanzen. Erst kamen Sträucher und Büsche, dann prächtige Bäume – sie sahen aus wie

Palmen – die hoch in den Himmel ragten.

„Toll“, sagte Sharj, „lasst uns hierbleiben.“

„Wir müssen weiter“, ermahnte José.

„Nur ein bisschen. Bitte José!“, quengelte Mona.

José gab nach und sie hockten sich unter eine Palme in den Schatten.

„Wo sind wir jetzt?“

„Ich glaube ... hier“, José deutete auf die Karte.

„Uff, das heißt, wir haben ja noch nicht mal die Hälfte“, jammerte Mona.

„Es wird bald dunkel.“

„Da hast du recht Sharj. Wir sollten uns einen Platz zum Schlafen suchen.“

„Wir könnten doch hierbleiben. Warum müssen wir uns so beeilen? Es ist doch sowieso nur ein Traum.“

„Lasst uns Palmenblätter suchen und uns einen Unterschlupf für die Nacht bauen.“

„Warum müssen wir uns so anstrengen? Wir sind doch nur in einem Tra-auuu-uum“, wiederholte Mona.

„Dann macht es doch auch nichts, wenn du dich anstrengst“, erwiderte Sharj.

Mona lachte: „Ertappt. Ich fühle mich wieder wie im Zeltlager. Ok."

So sammelten sie Äste und abgefallene Palmenblätter und bauten sich unter einem Baum einen provisorischen Unterstand, der groß genug war, dass sie alle darunter kriechen konnten.

Irgendwann schliefen sie ein.

Kapitel 9

Lola in Gefahr

Lola hörte das gleichmäßige Atmen der Freunde. Ab und zu verirrte sich ein kleiner Schnarcher. Das konnte nur eins bedeuten: die drei schliefen tief und fest.

Aber sie war schon wach und dachte, dass es an der Zeit war, die Umgebung zu erkunden. So viele Düfte – und einer, der roch so erdig. Den wollte sie finden.

Mit der Nase fest auf dem Boden schnüffelte sie sich voran. Der Geruch wurde stärker. Es roch nach Erde, nass und etwas modrig, ein bisschen wie ein Tier.

Genau! Jetzt wusste es Lola. Ihre Hundemutter hatte so gerochen, als sie einmal nass gewesen war. Bestimmt gab es in der Erde Tiere.

Lola begann zu graben. Der Sand war nass, aber sie kam gut voran. Je tiefer sie grub, umso stärker wurde der Geruch.

Und plötzlich rutschte die Erde weg und Lola fiel nach unten in ein Loch. Sie landete auf weichen Boden. Als sie sich umsah, entdeckte sie, dass es hier ein richtiges Höhlensystem zu geben schien.

Lola lief einen dunklen, engen Gang entlang. Die Wände schimmerten grün und waren mit Moos bedeckt. Oh, hier hat sogar jemand einen Knochen liegen lassen, freute sich Lola und beschnupperte ihn. Doch dann erkannte sie, dass es nicht nur irgendein Knochen war. Hier lag ein ganzes Skelett, und ein Schauer lief ihr über den Rücken.

Langsam ging sie vorwärts, einen Fuß vor den anderen. Und schon wieder sah sie Knochen. Die waren von einem anderen Tier. Sie bekam es mit der Angst zu tun und schlich sich rückwärts an den Skeletten vorbei, wieder zu der Stelle zurück, durch die sie hinuntergefallen war.

Sie schaute nach oben, versuchte zu springen – doch als Wo war sie echt pummelig, so hoch kam sie nicht. Jaulen und bellen durfte sie auch nicht. Denn das, was hier unten war, das könnte dann auf sie aufmerksam werden.

Lola musste sich ruhig verhalten und verfluchte sich innerlich für ihre Neugier. Ihr blieb nichts anderes übrig, als abzuwarten.

Wie ein Häufchen Elend hockte sie sich zitternd in eine Ecke. Und dieser Geruch nach nassem Tier, der wurde intensiver. Lola hatte Angst.

Mona wachte auf. Gähnend schaute sie sich um. Es wurde schon hell am Horizont. Sharj und José schliefen fest. Ihr Blick fiel auf die Stelle, wo die kleine Hündin gelegen hatte. Doch Lola war nicht da. Erschrocken setzte Mona sich auf und schaute sich um. Nirgendwo eine Spur von Lola.

Sie gähnte, streckte sich noch einmal und überlegte, ob sie sich Sorgen machen müsste. Doch dann erinnerte sie sich, dass sie ja nur in einem Traum war und legte sich wieder hin. Aber sie war doch beunruhigt.

Also setzte sie sich wieder auf. „Sharj, José, wacht auf!" Sie rüttelte die beiden an den Schultern.

Erschrocken schlug Sharj die Augen auf. „Was ist los?" José wachte auch auf und schaute Mona an.

„Lola ist weg."

„Ach, die macht bestimmt gerade irgendwo ihr Geschäft“, sagte José und gähnte.

Aber Sharj sprang auf die Füße. „Lola! Lola!“, rief sie in alle Richtungen. Doch von Lola keine Spur.

„Sie ist weg“, rief Sharj.

Diese drei Worte brachten José blitzschnell dazu, auch aufzuspringen und suchend um sich zu schauen.

„Lola! Lola!“, rief er aus Leibeskräften. „Wir müssen uns aufteilen!“

Und schon rannte er in eine Richtung, Sharj lief in eine andere und nur Mona blieb etwas unschlüssig stehen und entschied sich dann für einen anderen Weg. Die drei suchten, riefen ihren Namen – und Lola hörte ihre Stimmen. Das klang so liebevoll und verzweifelt. Manchmal riefen sie auch Wo. Sie wünschte sich so sehr, wieder bei ihren Menschenfreunden zu sein.

Der erdige Geruch, er wurde stärker. Der Boden unter ihren Füßen bebte leicht. Und dann sah sie es! Eine Bestie. Mit glühenden Augen und Hörnern wie ein Stier. Das Wesen schnaubte und Rauchwolken stiegen aus seinen Nasenlöchern.

Lola bellte. Sie konnte gar nicht anders.

„Lola!“, riefen die drei an der Oberfläche und rannten in die Richtung, aus der das Bellen kam. Jetzt erst sahen sie das Loch in der Erde und näherten sich vorsichtig dem Rand der Grube.

„Warte Lola“, rief José hinunter „ich hole dich.“

Doch Lola konnte nicht warten. Diese Bestie kam auf sie zu. Sie saß in der Falle. Sie hatte nur eine Chance. Die Flucht nach vorn!

Das Stier-Tier war groß, dick und behäbig. Wenn Lola es schaffen würde, durch dessen Beine zu laufen, dann müsste sich dieses Tier erstmal umdrehen, bevor es sie verfolgen konnte.

Ja, so hatte sie eine Chance. Und so lief Lola. Sie nahm all ihren Mut zusammen und lief diesem Koloss mitten durch die Beine. Wie erwartet, war er überrascht und reagierte nur langsam. Er brüllte und weitere Rauchwolken stiegen aus den Nasenlöchern auf. Doch er schaffte es, sich schwerfällig umzudrehen.

Lola schaute sich um. Sie befand sich in einer anderen Höhle, groß wie eine Halle. Hier lagen weitere Skelette. Die Bestie kam auf sie zu. Jetzt musste sie schnell handeln. Sie sah eine schlanke Säule in der Mitte des Raumes. Ein Stützpfeiler, dachte sie. Meine Zähne! Und Lola rannte zur Säule und biss ein großes Stück heraus. Der Pfeiler wackelte und fiel dann in sich zusammen. Somit verlor die Decke der ganzen Höhle ihren Halt und stürzte ein. Der Koloss wurde unter den Trümmern begraben.

Lola bekam das Ganze gar nicht mehr mit, weil sie bereits in den Gang zurückgelaufen war. Sie wollte zum Loch zurück. José war inzwischen hinunter in die Höhle geklettert. Die anderen hörten den Krach und fühlten die Erde beben.

„Pass auf José!", riefen sie. „Da stimmt was nicht!"

Doch José hatte nur Augen für Lola. Er nahm sie auf den Arm und reichte sie nach oben zu den beiden Mädchen. Mona nahm ihm Lola ab. Sharj angelte mit ihrer Hand nach unten und half José aus der Höhle herauszuklettern. Lola leckte Mona quer durch das Gesicht und sprang dann von ihrem Arm herunter, um auf Sharj und José zuzustürmen und dankbar an ihnen hoch zu springen.

Sharj lächelte. „Das erinnert mich fast an die Situation mit dem Hasen."

„Stimmt", sagte José. „Lola, ich hatte solche Angst, dass wir dich verlieren könnten."

Lola beschloss in diesem Moment, dass sie keine Alleingänge mehr unternehmen würde und hoffte inständig, dass von diesem Wesen da unten keine Gefahr mehr drohte.

Weiter hinten hatte der Boden eine Delle bekommen. Bestimmt kam das von der eingestürzten Höhle.

Wieder zurück im Lager, fragte José in die Runde: „Wo würdet ihr die Windgeister verstecken?"

„Wer sagt denn, dass sie versteckt sind?", erwiderte Mona. „Sie könnten ja auch einfach weggeflogen sein, weil sie keine Lust mehr hatten."

Sharj schaute José an. „Du glaubst, jemand

hat sie versteckt?“

„Dessen bin ich mir sogar ziemlich sicher. Mich würde nicht wundern, wenn Sampa dahintersteckt.“

„Sampa?“, fragte Sharj.

„Ja, genau. Sein Benehmen war doch schon auffällig.“

„Hm“, meinte Sharj „vielleicht ist er auch einfach nur traurig, weil seine Mutter gestorben ist. Ich weiß, wie sich das anfühlt.“ „Ja,“, sagte José, „aber dir kam er doch auch komisch vor.“

„Das stimmt. Aber ich hab inzwischen darüber nachgedacht. Ich glaube, er ist einfach nur verletzt. Er fühlt sich alleine, seine Mutter fehlt ihm. Und sein Vater ist mit anderen Dingen beschäftigt. Der muss das Land regieren“

„Da kannst du recht haben“, sagte Mona. „Aber mit dem stimmt trotzdem etwas nicht. Das sagt mir mein Verstand. Und ich täusche mich selten.“

„Siehst du, Sharj, selbst Mona sagt das. Du glaubst immer an das Gute im Menschen. Du hast es doch schon oft genug erlebt, dass es auch anders sein kann“, erinnerte José seine Freundin Sharj.

Diese nickte und wandte trotzdem nochmal ein: „Aber welchen Grund könnte er denn haben?“.

„Vielleicht will er seinem Vater imponieren ... damit der sich mehr um ihn kümmert?“, meinte Mona nachdenklich.

„Ja genau, das könnte es sein!“ José wurde ganz aufgeregt. „Er fühlt sich von seinem Vater ausgeschlossen und will ihm etwas beweisen. Er will ihm zeigen, dass er auch regieren kann ... oder sogar noch besser. Er will über alle Völker herrschen! Deshalb hat er die Geister versteckt. Die sollen ihm nicht in die Quere kommen.“

„Ich weiß nicht, aber wenn du meinst ... Also, dann war er mit seinem Flugbrett unterwegs und hatte sie vielleicht alle dabei? Aber wie kann er sie denn gefangen haben?“

„Vielleicht hat er ein Netz über sie geworfen“, meinte Mona.

„Hm“, dachte José laut nach, „ein Netz, das könnte sie nicht fangen. Ein Netz ist durchlässig. Es kann kein Netz gewesen sein. Die Geister, die wohnten doch in diesen Monumenten, den Tempeln. Dort, wo wir gelandet sind, als wir ankamen, da war doch so ein Tempel."

„Ja", sagte Sharj „dort brannte eine ewige Flamme auf einem bauchigen Behälter."

„Das ist mir auch aufgefallen", sagte Mona. „Wie ein Öllämpchen. Wenn sie in diese Lampen rechtzeitig Öl einfüllen, geht die Flamme nie aus."

„Hm", sagte José „vielleicht können sich die Geister aber auch in diese Behälter zurückziehen."

„Oh", sagte Sharj „das ist wie in Aladdin und die Wunderlampe." Sie lachte. „Das wäre eine Möglichkeit. Bestimmt sogar. Als uns der Abgesandte das Dorf gezeigt hat, waren wir doch in dieser Ölraffinerie. Dort hab ich außer den Ölflaschen auch viele solcher Lampen gesehen. Es könnte ja sein, dass Sampa sich solche Lampen besorgt hat und ... äh ... die Geister irgendwie darin eingeschlossen hat."

„Klar", erwiderte Mona „dann hat er ja auch keine Probleme, sie auf dem Flugbrett zu befördern ... Hm, da stimmt was nicht. Vielleicht hat er sie nicht alle gefangen. Er konnte sie ja gar nicht transportieren, wenn die Geister eingeschlossen waren."

„Wieso nicht?", fragte Sharj, die Monas Gedankengang nicht folgen konnte.

„Weil gar kein Wind mehr da war. Ohne Wind kann das Flugbrett nicht fliegen. Er muss sie nacheinander gefangen haben."

„Das heißt auch, dass der letzte Wind, den er gefangen hat, noch bei ihm gewesen sein musste", schloss José den Gedanken.

Sharj schaute von José zu Mona. „Ihr seid genial. Wieso bin ich nicht darauf gekommen?"

„Wir sind halt ein gutes Team," sagte José „wir alle vier!", und sein Blick fiel auf Lola, die zu seinen Füßen lag und vor Erschöpfung eingeschlafen war – und schnarchte.

Kapitel 10

Die Suhais

„Lasst uns aufbrechen."

Die beiden Mädchen nickten.

„Aber Lola schläft so schön", erwiderte Mona. José schnippte mit seinen Fingern vor Lolas Nase. Sie wachte sofort auf und schaute alle erwartungsvoll an.

José zuckte mit den Schultern.

„Nun ist sie wach. Also, lasst uns aufbrechen."

Sie packten ihre Utensilien zusammen und gingen los. Der grüne Pflanzenteppich fühlte sich unter ihren Füßen weich an. Dies erleichterte das Laufen um einiges. Der Sand hatte sie schnell müde werden lassen. Aber hier kamen sie mühelos voran. Sie hörten Flügelschlagen und Geschnatter.

„Pssst, seid leise", sagte Sharj.

Sie setzte sich an die Spitze ihres kleinen Trupps und spähte nach vorne.

„Dort sind ganz große Vögel."

„Das sind Strauße", erwiderte José.

„Das bedeutet, wir sind bei den Suhais", rief Mona. „Also werde ich mit denen reden.“

„Mit den Straußen?“, fragte José.

„Nein, mit den Leuten natürlich.“

„Ich weiß nicht, ob das eine gute Idee ist“, warf Sharj ein. „Du kennst dich hier nicht aus und wir wissen nicht, wie viele Suhais es gibt. Vielleicht würdest du auffallen, weil dich keiner kennt.“

„Ach Papperlapapp“, sagte Mona.

Schon lief sie wie ein kleines Kind voraus. José schaute Sharj an. „Vermutlich denkt Mona immer noch, dass dies nur ein Traum ist“

Sharj nickte: „Da hast du sicher Recht.“

Gemeinsam mit Lola folgten sie der aufgedrehten Mona. Vor ihnen lag ein umzäuntes Stück Land mit Straußenvögeln und einigen Hühnern, die bei ihrer Ankunft laut gackerten. Lola bellte. Das versetzte den Hühnern einen noch größeren Schreck, und sie flatterten wild umher. Nun kamen die Strauße an den Zaun. Mit ihren langen, über den Zaun ragenden Hälsen attackierten sie zuerst José.

„Au!“, schrie er entsetzt.

Dann pickten sie auf Sharj ein. Diese

sprang zwei Schritte zurück, um einen sicheren Abstand zwischen sich und die Strauße zu bringen. Aber Mona ging auf die großen Vögel zu und streichelte sie am Hals. Sie erzählte ihnen irgendetwas. Die Strauße schauten sie an und rieben die Hälse an ihrem Gesicht. Mona lachte.

„Kommt! Ich habe ihnen gesagt, dass ihr nicht gefährlich seid."

„Also, ich komme diesen Biestern nicht mehr zu nahe", sagte José.

„I-ich auch nicht", stotterte Sharj.

„Ach jetzt kommt schon. Nicht so schüchtern."

Mona zog José am Arm zu dem Strauß. Sie führte seine Hand und streichelte damit über den Straußenhals. Der Riesenvogel bog seinen Hals und rieb den Kopf an Josés Schulter. Sharj schaute verdutzt. Ermutigt versuchte sie es ebenfalls und es passierte dasselbe.

„Du bist eine Straußenflüsterin", rief sie voller Verwunderung. Mona lächelte.

„Schaut mal dort hinten!", rief José und rannte los. Vor ihnen stand ein Korb mit

Tragseilen, einem Gasbrenner und einer riesigen Ballonhülle, ein Heißluftballon. Aber die Ballonhülle war nicht aufgebläht, sondern lag schlaff auf dem Boden.

„Wow, wie schön", erwiderte Sharj und befühlte den Stoff.

„Diese Farben!"

„Da staunt ihr", sagte Mona. „Das hat mein Volk gebaut."

Die beiden schauten sie an und prusteten los.

„Du scheinst ja vollkommen in deiner Rolle aufzugehen."

„Na, was denn sonst? Ich bin eine Suhai."

„Offensichtlich. Durch und durch."

„Schaut mal, da vorne sind noch mehr Ballons."

Und tatsächlich es gab noch zwei, zwei kleinere, aber nicht minder schöne Heißluftballons.

„Lasst uns mal nach Leuten suchen", rief Sharj.

Mona lief lachend voran.

Bald erreichten sie eine Siedlung. Die Suhais lebten offensichtlich in Lehmhütten, die fast so aussahen wie Iglus: rund und gerade mal so hoch, dass man darin stehen konnte. Bunte Steinscherben verzierten die Iglus von außen. Die Straßen waren aus einem dunklen und feuchten Lehm, der etwas federte, wenn man darauf ging. José fragte sich, ob diese Straße auch einen Regen aushalten würde, als seine Gedanken jäh unterbrochen wurden. Ein kleines Mädchen stand vor ihm:

„Hallo, was macht ihr denn hier?"

José beugte sich zu ihr herab.

„Sind deine Eltern hier irgendwo? Können wir mit jemandem sprechen?"

„Die sind alle bei den Gemüsefeldern."

„Kannst du uns den Weg zeigen?"

„Klar! Kommt mit!"

Und das Mädchen lief voran.

„Halt dich lieber zurück", flüsterte Sharj zu Mona. „Irgendwann kommt das Mädchen auf die Idee, zu fragen, warum du die Gemüsefelder nicht kennst."

Und so blieb Mona diesmal ausnahmsweise still. Als sie die Felder erreicht hatten, verabschiedete sich das Mädchen und lief zurück ins Dorf.

Die Menschen auf den Feldern weinten. Es gab keine Ernte. Alles war vertrocknet. José ging auf eine kleine Gruppe zu.

„Seid gegrüßt, wir sind Abgesandte der vier Völker. Wir sollen nach den Winden suchen."

Die Suhais drehten sich zu ihnen um und bildeten neugierig einen Kreis um die Freunde.

„Wo kommt ihr her?"

„Ich, ich komme aus dem hohen Norden, vom Volk der Nostren. Das hier ist meine Freundin. Sie ist eine Osander und hier ist eine Vertreterin aus eurem Volk."

„Oh ...", alle schauten Mona an.

„Wir kennen dich nicht. Wer bist du? Wo kommst du her?"

„Sie gehört zu mir", sagte José schnell. „Sie ist meine Frau."

„Ah", staunten alle.

Sharj war stolz auf seinen genialen Schachzug und doch versetzte er ihr einen kleinen Stich ins Herz.

„Wir helfen euch gerne,“ sagte ein junger Mann. „Was wollt ihr wissen?“

„Wann habt ihr zuletzt irgendein Luftschiff gesehen?“

Er überlegte.

„Das war das von Sampa“, rief eine junge Frau.

„Ja, es war Sampa mit seinem Flugbrett. Er flog über uns hinweg und lachte laut. Ich werde das nie vergessen“, sagte die junge Frau. „So ein böses Lachen. Und noch am selben Abend war der Wind weg. Vielleicht auch schon früher, aber es ist mir nicht aufgefallen.“

„Wo kam Sampa her?“, fragte Mona.

„Keine Ahnung.“

„Ich hab ihn gesehen“, rief ein junger Mann. „Dort hinten, bei der Ölgrotte.“

„In der Ölgrotte?“, fragte José.

„Ja, dort stapeln wir Ölflaschen und leere Lampen. Die Wegels holen die Flaschen eigentlich regelmäßig ab, um sie neu zu befüllen. Aber ich habe schon nachgesehen. Er hat überhaupt keine mitgenommen.“

„Und normalerweise tut er das?“

„Eigentlich nicht“, sagte der junge Mann. „Er tut nie irgendetwas. In der Regel kommen die normalen Wegels, bringen uns neue Ölflaschen und holen die leeren wieder ab. Wir brauchen das Öl für die Lampen und auch, um unsere Kerzen herzustellen.“

„Hm“, sagte Sharj, die sich insgeheim darüber amüsierte, dass Sampa offensichtlich als nicht normal galt. Das würde ihm gewiss nicht gefallen.

„Ihr habt uns sehr geholfen, wir werden uns das mal genauer anschauen. Herzlichen Dank.“

„Bringt ihr uns die Winde zurück?“, rief eine Frau.

„Wir bemühen uns und werden alles geben, die Ordnung in dieser Welt wiederherzustellen.“

„Wenn ihr irgendetwas braucht“, rief der junge Mann noch einmal, „dann lasst es uns wissen.“

„Danke“, sagte Mona und drückte ihm die Hand. „Herzlichen Dank. Wir wissen das sehr zu schätzen.“

Als sie sich entfernten, sagte Mona: „Lief

doch gut.“ Dann nahm sie überschwänglich Josés Hand. José schaute verdutzt.

„Na, ich bin doch deine Frau, oder?“, und sie klimperte theatralisch mit den Wimpern.

Sharj lachte. „Das musst du jetzt aber nicht so ernst nehmen.“

„Oh ja, ich vergaß.“

Sharj schaute Mona tadelnd an.

„Da vorne!“, rief José und lief los. Lola folgte ihm.

„Das sieht aus wie eine Grotte.“ Und wahrhaft. Ein mit Gras und Sträuchern überwucherter Steinhaufen mit einer Tür darin.

„Wer geht zuerst rein?“

José schaute in die Gesichter der beiden Mädchen. Lola bellte laut.

„Du willst zuerst rein“, lachte José und öffnete ihr die Tür.

Kapitel 11

Geist der Vergangenheit

Durch die offene Tür fiel genug Licht in den Raum, so dass die Freunde das Innere der Höhle grob abschätzen konnten. Sie mussten nur vier Stufen herabsteigen und schon waren sie in der Grotte. Diese war nicht sehr groß, vielleicht vier mal vier Meter. An drei Wänden standen große Regale, vollgestapelt mit kleinen Ölflaschen und leeren Lämpchen.

„Puh, hier ist ja nichts außer diesem Chaos aus Öllampen und Flaschen“, stellte Mona enttäuscht fest.

„Ja, und in einer der Öllampen ist wahrscheinlich ein Windgeist versteckt.“

„Versteckt? Du meinst wohl gefangen?“

„Ja, gefangen, eingeschlossen.“

„Aber das sind ja unendlich viele“, meckerte Mona. „Wo sollen wir denn da anfangen?“

José pflichtete ihr bei: „Ja, da brauchen wir Tage für die Suche.“

„Hm, an jeder Wand stehen vier Regale.“

„Zwölf riesige Regale, vollgestopft mit kleinen Flaschen und verkorkten Öllampen – fangen wir einfach hier links an.“

Sharj bückte sich, nahm ein Öllämpchen, öffnete es, lugte hinein und schüttelte es.

„Leer!“

Sie machte mit dem nächsten Lämpchen weiter, und nahm eines nach dem anderen in die Hand. José und Mona gingen genauso vor.

Nach einer geschlagenen Stunde stöhnte Mona: „Ich glaub, das bringt so nichts. Wir sind auf der falschen Spur.“

„José?“, fragte Sharj, „Sampa war Rechtshänder, oder?“

„Ja.“

„Dann haben wir falsch angefangen. Er wird automatisch zu einem rechten Regal gegangen sein, an der gegenüberliegenden Wand.“

„Er könnte genauso gut geradeaus gegangen sein.“

„José, nimm dir mal eine Lampe, gehe raus und jetzt komm wieder rein. Aber schnell, ohne nachzudenken. Stell sie ab!“

José stellte die Lampe in das erste Regal rechts.

„Und jetzt du, Mona. Du bist in Eile, gehetzt. Du willst nicht erwischt werden.“

Mona rannte herein. Auch sie stellte die Lampe rechts im ersten Regal ab.

„Ich habe also recht“, sagte Sharj. „Die Öllampe, die wir suchen, muss in diesem Regal sein.“

„Hach, das hättest du auch vor einer Stunde sagen können“, gähnte José müde.

„Ja, da war es mir aber noch nicht eingefallen. Also, ich denke die Kopfseite können wir vergessen. Kommt, lasst uns hierüber zu diesem Regal gehen.“

Und schon machten sie sich wieder daran, verschiedene Öllampen herauszuholen, die kleinen Korken zu öffnen, sie zu schütteln, hinein zu spähen. Aber es passierte rein gar nichts.

Es wurde schon dunkel. Nur ein schwacher Lichtschein erhellte den Raum noch durch die Tür.

„Ich bin müde“, jammerte Mona, „lasst uns ins Dorf zurückgehen. Vielleicht können wir bei jemandem übernachten.“

„Ja, das ist eine gute Idee“, schloss sich

José an. Aber Lola bellte laut und sprang hoch. So hoch, dass sie mit ihrer Pfote das oberste Regal abräumte. Mehrere Öllampen und Fläschchen fielen zu Boden.

„Auch das noch. Ach Lola!", jammerte Mona und begann damit, die Öllampen zurück ins Regal zu stellen. Da bemerkte sie einen blassen Schimmer.

„Sharj, José, seht!"

Die vier schauten gebannt auf eine Öllampe. Sie leuchtete leicht bläulich. Mona nahm sie an sich und riss den Korken ab. In diesem Moment bekamen sie alle eine Gänsehaut. Ein milchiger Dunst kroch aus der Öllampe und baute sich wie ein weißer Schatten in einer großen Wolke vor ihnen auf.

„Ein Windgeist", flüsterte Sharj leise und piepsend. Der Windgeist drehte eine Pirouette und schaute sich die vier, die ihn befreit hatten, genau an. Doch konnte er ihnen trauen? Viele Gedanken schossen ihm durch den Kopf. Er stellte sich vor.

„Ich bin der Geist des Windes aus dem Süden, der Geist des Volkes der Suhai und der Geist der Vergangenheit. Wenn ihr das

Rätsel lösen könnt, welches ich euch aufgebe, dann werde ich euch einen wichtigen Teil eurer Vergangenheit zeigen."

Die drei nickten. Lola wedelte aufgeregt mit dem Schwanz.

„Dann hört gut zu! Ihr seid die mutigen vier. Freunde, frei von jeglicher Gier. Ihr glaubt, miteinander vertraut zu sein, aber einer von euch ist nur Schein. Findet es heraus! Und wisst ihr Bescheid, zeige ich euch die Vergangenheit."

Mit diesen Worten schloss der Geist das Rätsel, machte sich klein und verschwand im Lämpchen. Die drei diskutierten wild.

„Einer von uns ist nicht das, was er zu sein scheint?"

„Hm, José du bist klein, hast eine merkwürdige Mütze auf und, und … und du Sharj?"

„Du hast Tätowierungen im Gesicht", rief José, „und merkwürdige Tücher an."

Mona lachte. Doch dann wandte sich Sharj Mona zu.

„Und du, Mona? Du gehörst hier überhaupt nicht hin. Du müsstest Zuhause sein. Du bist noch nie mit uns gereist."

„Aber ...“, protestierte Mona, „das ist doch nur ein Traum!“

„Nein!“, riefen die beiden erneut und voller Inbrunst. Lola bellte.

„Lola! Du, du siehst gar nicht mehr aus wie Lola. Kein Labradormischlingswelpe, sondern ein großer, kräftiger Hund.“

„Es ist Lola“, einigten sich die drei.

Der Geist erschien.

„Ihr habt die Lösung schnell gefunden. Doch ist sie auch richtig? Dann zeige ich euch einen Teil eurer Vergangenheit, den immer nur derjenige sehen kann, zu dem dieser Teil gehört. – Bereitet euch vor. Geht in euch. Atmet ein und aus – denn das, was ihr jetzt zu sehen bekommt, werdet ihr nie mehr vergessen.“

Theatralisch vollführte der Geist einige Pirouetten und erfüllte sein Versprechen.

José schaute gebannt zum Regal. Es war zu einer Leinwand geworden. Er sah sich selbst in der Schule sitzen und Sharj beobachten, wie sie ihr Haar hinter die Ohren strich, wie sie lachte und ihm Blicke zuwarf. Er konnte sich beobachten, wie er mit ihr sprach und wie sie beide den kleinen Hasen gefunden hatten.

Dann sah er sich, wie er ein Drache war und wie sie ihn vor den bösen Stumps rettete.

Zwischendurch warf er immer mal wieder einen Blick zu Sharj, denn er hatte Angst, dass sie das alles auch beobachten könnte. Obwohl der Geist ja versprochen hatte, dass jeder nur seine eigene Vergangenheit sehen würde. Aber konnte er sich darauf verlassen?

Dann sah er Lola, wie er sie das erste Mal auf den Arm nahm, als sie bei dem Bauern waren. Das war das letzte Bild.

Er beobachtete die anderen. Sie schauten ebenfalls gebannt zu einem Regal.

Sharj ...sie erkannte sich zusammen mit ihren Eltern bei einem Urlaub im Grand Canyon. Ihr Vater hatte ein Flugzeug gemietet und sie flogen durch die tiefen Schluchten. Sie hörte das Lachen ihrer Eltern so deutlich, als wenn beide wirklich bei ihr wären. Sie fühlte sich geborgen und wünschte, dass dieser Moment ewig dauern könnte.

Dann sah sie sich mit ihren Eltern Fahrrad fahren. In dem Wald, in dem sie einst mit José den Hasen gefunden hatte. Sie lachten und fuhren um die Wette. Ihre Mutter breitete eine karierte Decke auf der Wiese aus und hatte ein Picknick vorbereitet. Ihr Vater jonglierte mit den mitgebrachten Orangen.

Und dann endete die Erinnerung – wie ein gerissener Film.

Sie schaute zu José. Er saß auf dem Boden. Sie setzte sich zu ihm und legte den Arm um seine Schultern.

„Ist deine Erinnerung auch schon vorbei?"

„Hm", nickte José und wurde leicht rot. Sharj bemerkte es nicht.

Mona sah ein Auto von innen. Erst verstand sie nicht, wo das war. Dann nahm ihre Mutter ein neugeborenes Baby liebevoll auf den Arm und wiegte es hin und her – und sang mit einer wunderschönen Stimme Lieder vor.

Sie erlebte, wie sie das erste Mal mit einem Dreirad fuhr und die Mama dabei stets neben ihr lief. Und als ihr Vater die Stützräder vom Fahrrad abmontiert hatte und ihre Mutter immer an ihrer Seite war.

Dann flackerte das Bild. Sie erkannte das Ferienlager und Pfarrer Hannes. Sie hörte Gitarrenklänge, fühlte sich glücklich und geborgen, als der Film endete.

Lola schaute ebenfalls gebannt auf eine Wand.

Sie beobachtete sich in ihrer echten Gestalt als Amur mit König Sloma ... dann in der Gestalt des Hasen, der die Kinder in seine Welt eingeladen hatte, seinen Talisman suchte und dabei hinter Mona herlief. Und er sah, wie er das Gift aus dem Parfümflakon gegen Wasser wechselte.

Und dann seine Geburt als Welpe. Huch, auf diese Erinnerung hätte er verzichten können. Musste er ausgerechnet eine kleine Hündin werden?

Hier brach der Film ab.

Der Geist erschien erneut. Er verschränkte die Arme vor der Brust.

„So, habt ihr genug gesehen? Ihr wisst schon, dass ihr das Rätsel gelöst habt, sonst hätte ich euch nicht Teile eurer Vergangenheit gezeigt. Nun? Warum ist Lola nur Schein?“

Sharj meldete sich wie in der Schule. Als ihr das bewusst wurde, nahm sie verschämt den Arm wieder nach unten und sagte: „Weil sie bei uns Zuhause ein kleiner Mischling ist. Ein Welpe mit Flecken. Hier ist sie ein richtig großer Wo. Und wir anderen sind Menschen geblieben. Nur sie hat sich offensichtlich in etwas anderes verwandelt.“

„Oh“, sagte der Geist, „also so seid ihr darauf gekommen. Aber ihr seid auf einer ganz falschen Spur.“

Der Geist wandte sich Lola zu und schien sich stumm mit ihr zu unterhalten.

Soll ich es ihnen zeigen?, fragte er sie so, dass nur Lola es in ihren Gedanken hören konnte.

Nichts war Lola lieber und sie nickte heftig. Die drei anderen machten große Augen.

„Gut, Lola möchte, dass ich euch zeige, warum euer Wo nur Schein ist! Schaut bitte hin."

Diesen Film konnten alle vier gleichzeitig ansehen. Sie erblickten Amur, den Ziehsohn von König Sloma und sie sahen, wie der König krank wurde. Amur strich ihm über den Kopf und dann – plötzlich saß ein Hase auf einer Straße. Ein Auto kam und sie schrien auf. Der Hase wurde verletzt, doch dann erschienen Sharj und José, die den Hasen hielten und ihn wuschen. Der Hase sprach mit ihnen. Plötzlich war der Hase wieder allein, er lief, er folgte jemandem.

„Den Hasen kenne ich!", rief Mona. „Das ist genau der Hase, der hinter mir hergelaufen ist und mir so viel Angst gemacht hat!"

Nun lief der Hase durch Monas Zuhause. Sie hörten eine Stimme. Es war die von Otto. Er grinste böse und sprach davon, dass er Sharj töten wollte.

José drückte entsetzt Sharjs Hand.

„Aber, das ist doch nicht wahr?", fragte Sharj ganz entgeistert.

Otto sprach von einem Gift, das er als Parfüm getarnt hatte. Dann sahen sie, wie der Hase den Parfümflakon ausgoss und mit Wasser füllte.

Die nächste Szene spielte auf dem Bauernhof des Nachbarn. Die Welpengeburt.

„Oh", rief José, „und schau mal Sharj! Da ist Lola."

Und sie konnten sehen, wie Lola, die eigentlich blind und auf ihre Hundemutter angewiesen sein musste, sofort in den Pferdestall kroch und so den Tierarzt auf die schwangere Stute aufmerksam machte.

Und dann riss der Film ab.

„Lola! Du bist Amur!", rief Sharj. Lola nickte und warf sich in ihre Arme.

„Ihr seid schon alle etwas Besonderes", lobte der Geist. „Ich sehe, ihr seid alle reinen Herzens."

„Ich hab so viele Fragen", rief Sharj. „Ist das wahr? Will Otto mich umbringen?"

„Sharj", sagte Mona, „glaub mir, ich weiß davon gar nichts. Das sind bestimmt Trugbilder. Das ist alles nicht wahr."

Der Geist sprach: „Ich kann nur die Erinnerungen eines jeden zeigen. Dies sind die Erinnerungen von Amur."

In José tobte wilde Wut. Er hatte es immer gewusst. Er hatte vorher schon vermutet, dass dieser Otto böse ist. Und jetzt fühlte er sich bestätigt.

„Ich weiß, warum er dich beseitigen will, Sharj!"

„Warum?"

„Wegen deines Geldes."

„Ich hab doch gar kein Geld."

„Noch nicht, aber wenn du dein Erbe bekommst."

„Ach, ich gebe ihm all das Geld, wenn er es unbedingt haben will", sagte Sharj trotzig.

„José, Sharj!", rief Mona, der das ganze langsam unangenehm wurde, „wir sind doch hier, um diese Welt zu retten und nicht um unsere eigenen Probleme zu besprechen. Lieber Geist, wer hat dich hier eingesperrt?"

„Das war Sampa", tönte der Geist.

„Die anderen Geister sind auch verschwunden. Weißt du, wo sie sind?"

„Ja, ich weiß auf jeden Fall, wo die Geister

der Gegenwart und der Zukunft sind."

„Dann hilfst du uns, sie zu suchen?"

„Natürlich!", erwiderte der Geist. „Nichts lieber als das."

„Wir brauchen einen Heißluftballon."

„Aber wir können doch nicht fliegen, die Ballons liegen alle ganz flach auf der Erde."

Der Geist bäumte sich auf.

„Bin ich nun ein Windgeist oder bin ich keiner?", schaute er Mona vorwurfsvoll an.

Mona lachte.

„Kommt", rief der Geist, „ich gehe zurück in die Öllampe. Verschließt sie gut und sobald ihr beim Heißluftballon angekommen seid, macht bitte die Lampe auf. Denn niemand soll etwas mitbekommen. Dies muss eine geheime Mission sein."

Als sie aus der Grotte kamen, bemerkten sie erst, dass es schon mitten in der Nacht war. Der Mond schien hell.

Sie schlichen sich zu den Heißluftballons. Die Strauße wurden wach und liefen auf sie zu. Mona ging ihnen entgegen und streichelte wieder ihre Hälse. Sie nickte den Freunden zu, um ihnen anzudeuten, dass sie sicher zu den Heißluftballons gehen konnten, während sie die Strauße ablenkte.

Das hätte auch funktioniert, wären da nicht noch die Hühner gewesen, die mitten auf dem größten Heißluftballon ein Nest gebaut hatten. Vorsichtig hob José die Hühner an. Diese fühlten sich in ihrem Schlaf gestört und begannen laut zu gackern.

Sofort waren die Strauße alarmiert, kamen zum Ballon und attackierten die drei. Mona war jedoch schnell zur Stelle. Sie beruhigte die Strauße erneut, was nicht so einfach war, denn die Tiere waren alle sehr aufgeregt. Offensichtlich sollten die Strauße die Heißluftballons bewachen. Die Hühner hatten mittlerweile ihr gemütliches Nest verlassen und flatterten wild umher. José nutzte die Gunst der Stunde und öffnete die Lampe. Der Geist entwich in den Ballon.

„Schnell, schnell in den Korb!", rief er dabei und heizte die Luft auf.

Mona, Sharj und Lola sprangen in den Korb. José machte die Leinen los und hechtete hinterher. Schon stiegen sie auf. Alles wurde klein. Die großen Strauße waren fast gar nicht mehr zu erkennen.

Kapitel 12

Blick in die Zukunft

„Wo fliegen wir eigentlich hin?“, fragte Sharj.

„Wir suchen den Geist der Zukunft“, flüsterte der Wind.

„Und wo ist der Geist der Zukunft?“, fragte Mona.

„Ich weiß nur, dass er beim Volk der Osander ist. Ihr müsst mir helfen“, wisperte der Geist.

„Aber bist du sicher, dass er im Osten ist?“

„Bestimmt sogar“, erwiderte der Geist, „einem Wind kann man nichts vormachen.“

Und so flogen sie mit dem Heißluftballon fast lautlos durch die Nacht. Ab und zu war das Zischen des Gasbrenners zu hören und einmal zog José an der Schnur und ließ etwas Luft ab, damit der Ballon an Höhe verlor, aber sonst unterbrach nichts die Stille.

Der Windgeist führte sie. So landeten sie mit dem Ballon abseits der Siedlungen im Osten. Auf sicherem Boden sprangen sie aus dem Korb. Der Windgeist bat sie, den

Heißluftballon zu verstecken und so zogen sie ihn mit vereinten Kräften auf eine Baumlichtung.

José war schon die ganze Zeit nachdenklich und besorgt, jetzt, wo er wusste, dass seine Hündin eigentlich Amur war. Was würde aus Lola werden? Er fragte den Windgeist.

„Verehrter Geist, bitte entschuldigt, aber Lola – sie ist mein Hund. Wenn sie nun aber Amur ist, was passiert dann mit meiner Hündin? Wird sie verschwinden, wenn Amur wieder nach Hause zurückgeht?"

Der Windgeist schaute Lola an und nahm wieder Kontakt mit ihr auf. Lola mochte es gar nicht, dass dieser Windgeist sich in ihrem Gehirn breitmachte. Also gab sie ihm rasch die Antwort für José, so dass er ihn beruhigen und schnell wieder aus ihrem Kopf verschwinden konnte.

„Sie wird bei dir bleiben. Aber Amur wird ihren Körper verlassen. Deine Lola wird von alldem nichts mitbekommen. Sie wird ein ganz normaler Hund sein, ohne besondere Fähigkeiten. Aber das ist dir sicher auch nicht wichtig. Wichtig ist doch nur, dass sie bei dir bleibt.“

José atmete hörbar auf und selbst Sharj war erleichtert, denn auch sie hatte sich darüber schon den Kopf zerbrochen.

„Kommt hier entlang“, flüsterte der Windgeist. Er machte sich klein wie eine Kugel und schwirrte vor ihnen her.

Sharj schrie auf: „Autsch!“

Etwas pikste sie durch ihre Sandalen. Sie konnte nicht viel sehen, der Boden unter ihren Füßen war stoppelig und vertrocknet. Sie kniete sich hin und tastete über den Boden.

„Das sind ausgetrocknete Baumwollfelder“, sagte Jose.

„Woher weißt du das?“

„Das haben sie uns doch erklärt. Die Osander – übrigens dein Volk, Sharj – bauen Baumwolle an und wir stehen mitten auf einem Baumwollfeld.“

„Wow“, staunte Mona, „dass du dir das alles merken konntest.“

José lachte.

„Wo gehen wir hin? Gibt es hier auch ein Depot für Öllampen?“, fragte Sharj den

Windgeist.

Dieser antwortete ganz leise: „Es gibt hier eine Werkstatt, in der sie Dochte anfertigen. Dort sind auch Öllampen. Aber es ist kein Lager wie bei den Suhais. Lasst uns dort suchen.“

Und so schlichen sie zur Werkstatt der Osander. Die Tür war nicht abgeschlossen. Knarrend schwang sie auf. Der Arbeitsraum war richtig wohnlich eingerichtet. Er hatte hohe Decken, alles aus Holz. Hier war es ordentlich und überall roch es gut. In einer Ecke lagen Tücher auf hohen Stapeln, in einer anderen standen Webmaschinen. Seile hingen in verschiedenen Stärken von der Decke herunter. Und dünne Dochte lagen auf Werkbänken. In unterschiedlich großen Behältnissen wurden getrocknete Blumen aufbewahrt. Der Windgeist bemerkte Sharjs verdutztes Gesicht.

„Mit den Blumen stellen sie die Farben für die Tücher her.“

„Oh“, erwiderte Sharj und streichelte zärtlich über die bunten Tücher.

„Dort sind Öllampen“, sagte Mona und

zeigte auf Regale in der hinteren Ecke.

Gemeinsam und auf Zehenspitzen – sie hatten immer noch Angst, ertappt zu werden – näherten sie sich diesem Regal.

Es waren, dem Himmel sei Dank, viel weniger Öllämpchen als bei den Suhais. Der Windgeist sauste in seiner Kugelform durch die Regale.

„Hier ist er nicht!"

„Woher willst du das wissen?", fragte Sharj.

„Eigentlich spüre ich die Anwesenheit anderer Windgeister. Aber ich kann mich auch irren."

„Also würde ich vorschlagen, wir machen sie alle auf – eine nach der anderen", stellte José fest.

So nahm sich jeder ein Öllämpchen nach dem anderen, öffnete es, schaute hinein, schüttelte es – genauso wie sie es zuvor in der Ölgrotte bei den Suhais getan hatten. Es verging viel Zeit, doch sie fanden – nichts.

„Hier ist nichts", stellte José schließlich entmutigt fest.

„Hm", erwiderte der Windgeist, „wo könnte der Geist der Osander denn sonst sein?

Vielleicht oben auf dem Berg der Wahrheit?"

„Auf dem Berg der Wahrheit?", fragte Sharj.

„Ja", erwiderte der Windgeist, „du bist eine Osander. Du darfst dorthin gehen. Ich werde dich begleiten."

„Und José, Mona und Lola?"

„Die leider nicht, sie müssen beim Heißluftballon auf uns warten."

José nickte zustimmend. Auch Mona erklärte sich bereit, zurück zum Heißluftballon zu gehen.

So machten sich Sharj und der Geist der Suhais allein auf den Weg zum Berg der Wahrheit.

„Ziemlich hoch", bemerkte sie am Fuß des Berges und blickte nach oben.

„Für eine Osander ist das ein Klacks!"

Tatsächlich war der Aufstieg leichter als gedacht. Als sie oben ankamen, ging gerade die Sonne auf. Sharj schaute vom Gipfel hinunter ins Tal. Ihr Blick schweifte suchend umher.

„Hier ist auch nichts“, sagte sie zu ihrem Begleiter.

„Doch, hier ist sehr, sehr viel“, erwiderte der Geist. „Dies ist der Berg der Wahrheit.“

„Wahrheit, Wahrheit“, maulte Sharj und hüpfte von einem Bein aufs andere.

„Nur wer sehen will, kann die Wahrheit erkennen“, sprach der Geist weiter, „und derjenige wird auch den Geist der Zukunft finden.“

„Woher weißt du das?“, fragte Sharj.

„Das ist eine Prüfung, nichts weiter als eine Prüfung.“

„So eine Prüfung, wie du uns eine gegeben hast? Ein Rätsel?“

„Nein, kein Rätsel. Öffne dich und sieh hin. Was siehst du?“

„Ich? Ich sehe das Dorf der Osander, eine Waldlichtung, wo wahrscheinlich José, Mona und Lola warten und, und, und … nichts! Vertrocknete Felder!“

„Nicht das Offensichtliche, sondern das, was in dir verborgen ist, deine Wahrheit – was siehst du?“, fragte der Geist erneut.

Sharj schloss die Augen.

„Ich sehe … meine Zukunft; ich sehe, dass Otto mich vergiften will. Ich trinke etwas und falle in einen tiefen Schlaf. Ich werde krank und bekomme Fieber. Claudia sitzt an meinem Bett. Sie weint. Sie ruft die Polizei. Doch es ist zu spät."

„Gut erkannt!", rief eine andere Stimme und plötzlich richtete sich ein zweiter Geist neben ihr auf.

„Bist du der Geist des Ostens ... der Osander ... der Geist der Zukunft?", stotterte Sharj.

„In voller Lebensgröße", antwortete dieser.

„Aber wo warst du?"

„Hier oben."

„Aber, aber ...", wieder rang sie um Worte, „wenn du hier oben warst, warum bist du nicht heruntergekommen? Warst du nicht gefangen?"

„Oh doch, das war ich – hier in diesem Gefäß."

Sharj schaute zu Boden. Da lag ein Öllämpchen. Sie hatte es bisher nicht bemerkt.

„Dadurch, dass du die Wahrheit erkannt

und in deine Zukunft geblickt hast, konntest du mich befreien. Ich danke dir dafür."

„Aber wer hat dich eingesperrt?", fragte Sharj, obwohl sie die Antwort schon vermutete.

„Sampa. Er brachte mich hierhin."

„Dachte ich mir schon", erwiderte Sharj daraufhin. Die beiden Geister drehten erleichtert Pirouetten.

Sharj ermahnte sie: „Ihr müsst weiterhin vorsichtig sein, noch vermissen wir zwei Windgeister. Und wenn wir die nicht finden, ist vielleicht dennoch alles verloren."

„Sehr weise Worte", lobte der Geist der Zukunft.

„Lasst uns zu den Luftschiffen laufen und als nächstes nach dem Geist der Gegenwart suchen."

Begleitet von den beiden Windgeistern fiel Sharj der Abstieg noch um einiges leichter. Sie eilte zu ihren Freunden und stellte ihnen den neuen Geist vor. Dieser wollte wissen, wie es mit der Ehrlichkeit der anderen bestellt war und stellte ihnen Fragen:

„Du, junger Mann, wie sieht deine Zukunft aus?“

„Meine Zukunft?“, fragte José überrascht.

„Ich werde Tierarzt, so wie mein Vater. Und ich werde ein schönes Haus haben, heiraten, Kinder bekommen und ganz viele Tiere haben. Das ist meine Zukunft.“

„Du lügst“, sagte der Windgeist.

„Nun zu dir ...“ Er schaute Mona an und umkreiste sie, sodass Mona sich wie in der Umklammerung einer Würgeschlange fühlte.

„Kind, wie sieht wohl deine Zukunft aus?“

„Ähm, ich, ich werde Schmuckdesignerin und hoffentlich vielleicht …ähm … kann ich heiraten und eine Familie haben.“

„Pah“, blaffte der Windgeist, „nicht zufriedenstellend. Und nun zu dir, Wo.“

Er schrumpfte zur Kugel und kreiste vor Lolas Nase.

„Erzähl mir von deiner Zukunft.“

Und wieder machte sich ein Fremder in Lolas Gehirn breit. Das gefiel ihr nicht. Trotzdem teilte sie dem Geist ihre Zukunft mit, nämlich, dass sie Sharj vor Otto retten und zurück zu König Sloma gehen würde. Dass sie eigentlich kein Mädchen sei, sondern ein junger Mann namens Amur.

Der Geist lachte. „Du bist der einzige, der die Wahrheit gesprochen hat, Amur. Die anderen beiden müssen wir hierlassen."

„Nein!" Sharj stellte sich schützend vor die beiden.

„Warum setzt du dich für sie ein? Sie haben gelogen. Sie haben eine ganz andere Zukunft."

„Lieber Geist,", sagte Sharj „sie können die Wahrheit nicht sehen und kennen ihre Zukunft nicht. Sie sind keine Osander."

„Das ist richtig", stimmte Mona zu.

„Das, was ich dir gesagt habe, ist das, was ich mir wünsche."

„Ja, auch ich habe dir nur gesagt, was ich mir wünsche", schloss sich José an.

„So, ihr könnt also nur Wünsche äußern und kennt die Zukunft nicht", spottete der Geist. „Ich werde euch die Wahrheit zeigen."

Und wieder lief ein Film vor ihnen ab.

José stand vor einem Schalter in einer Warteschlange mit vielen Menschen. Er sah ein

Schild, auf dem Arbeitsamt stand.

Als er an der Reihe war, sagte die junge Frau hinter dem Schalter: „Nein, es gibt keine Arbeit für Sie. Sie haben ja keinen Schulabschluss."

Enttäuscht zog José wieder ab. Er ging durch verwahrloste Straßen, schaute neidisch Leuten hinterher, die genüsslich in einen Hamburger bissen. Er betrat ein ziemlich heruntergekommenes Haus, stieg die Stufen hinauf und öffnete die Tür zu einer winzigen Wohnung. Es gab fast keine Möbel und niemand erwartete ihn. In einer Ecke stand ein schmales Bett mit einer schmutzigen Matratze. Mutlos legte er sich hin und schluchzte.

An dieser Stelle beschloss der Geist, dass José genug gesehen hatte.

„Soso, Tiermedizin studieren, heiraten, Kinder. Hm, so sieht deine Zukunft nicht aus. Hättest du mal etwas mehr Energie auf die Schule verwendet. Junge Dame, darf ich dir deine Zukunft präsentieren?"

Mona sah einen Strand und sie begann zu lächeln. An dem Strand waren kleine Stände aufgebaut und mehrere Künstler boten ihre Ware feil. Darunter erkannte sich auch Mona. Sie war älter und überhaupt nicht mehr hübsch. Hager und fettiges Haar, keine Schminke. Sie bot den Leuten billige Ketten und Bändchen an, doch fast niemand interessierte sich dafür.

Sie verkaufte nur wenig. Ganze zehn Euro nahm sie ein. Dann kam der Marktaufseher und forderte die Standmiete. Mona händigte ihm die zuvor verdienten zehn Euro aus und trotzdem schimpfte er, dass sie ihm noch fünfzig Euro schulden würde und wie sie gedenke, das abzuarbeiten.

Er bot ihr an, in seinem Restaurant zu putzen. So kam es, dass Mona am gleichen Abend in ein schmutziges Fastfood-Restaurant ging, um dort die Gasträume und die Toiletten zu putzen. Geld bekam sie keins, denn sie schuldete dem Mann schließlich fünfzig Euro.

„Morgen kommst du wieder her! Und übermorgen auch! Dann hast du deine fünfzig Euro abgearbeitet.“

Traurig und mit hängendem Kopf schlurfte Mona nach Hause. Ihre Wohnung lag im Keller eines Mehrfamilienhauses. Sie war aufgeräumt, aber nur mit dem Notwendigsten ausgestattet. Sie öffnete den Kühlschrank. Darin lag nur ein welkes Salatblatt. Frustriert schloss sie die Tür, setzte sich auf einen Stuhl und weinte.“

Der Geist beendete den Film.

„Oh mein Gott!“ Mona schlug die Hand vor den Mund.

Anders als bei den Filmen über die Vergangenheit hatte der Geist der Zukunft die Visionen so gezeigt, dass alle sie sehen konnten. Sharj nahm Mona in den Arm.

„Das muss nicht so kommen. Die Zukunft ist nicht sicher. Das, was wir heute tun, bestimmt unsere Zukunft – jeder Schritt, jede Entscheidung ist wichtig. Du kannst deine Zukunft noch ändern.“

„Wie wahr, wie wahr“, stimmte der Geist der Zukunft ihr zu.

„Ich würde empfehlen, ihr beide, Mona

und José, ihr müsst besser in der Schule mitarbeiten, denn sonst könnte diese Zukunft schon bald wahr werden. Seid ihr bereit, euch zu ändern?“, fragte der Geist der Zukunft sie eindringlich.

Schuldbewusst nickten die beiden Angesprochenen.

„Sehr gut. Ich erkenne die Erschütterung in euren Herzen und deswegen seid ihr würdig, mitzukommen. Nun lasst uns zu den Luftschiffen der Osander aufbrechen. Ich möchte meine Freunde befreien. Und die Schiffe sind schneller als euer Ballon“

Und so eilten sie gemeinsam zu den Schiffen. Oh, das waren Segelschiffe! Prächtige Zweimaster, wie man sie aus alten Filmen kannte. Die vier kletterten an Bord und mit Hilfe der beiden Geister hob das Schiff ab und stach in den Wind.

Kapitel 13

Freier Fall

Sie wollten mit ihrem Segelschiff bis hoch über die Wolken. Es wäre leichtsinnig, tief zu fliegen. Nur keine Aufmerksamkeit erregen und möglichst nicht gesehen werden.

Um Höhe zu gewinnen, setzten sich die beiden Geister wie kleine Kugeln unter das Schiff und trieben es nach oben. Lautlos und vorsichtig, ohne viel Luftbewegung zu erzeugen. José fühlte sich wie in einem Aufzug. Die Sonne tauchte das Land in ein sanftes Licht. Er schaute nach unten und juchzte.

Jetzt nahm das Schiff an Fahrt auf. Die Geister mussten nun keine Angst mehr haben, gesehen zu werden. Die Wolkendecke war dicht und sie trieben unbemerkt voran. Mona fand das Ganze lustig. Sie stellte sich vorn an die Reling, breitete die Arme aus und sang das Lied aus dem Film Titanic.

„Dein Gesang ist nicht gerade Musik in meinen Ohren, liebste Schwester."

Mona lachte, jauchzte und sprang in die Höhe und – verfehlte das Schiff und ging über Bord! José und Sharj schrien auf. Lola bellte wild. Einer der Winde rauschte nach unten. Mona schrie. Sie hatte Todesangst. Doch der Wind konnte ihren Fall abfangen und brachte Mona langsam wieder nach oben. Gleichzeitig sackte das Schiff etwas ab. Der Schiffsrumpf lugte leicht aus der Wolkendecke heraus. Sachte, ganz sachte stellte der Geist der Zukunft Mona wieder auf das Schiffsdeck.

Sie zitterte am ganzen Leib und sie fror. Auch Sharj fror, nicht nur vor Schreck und Angst, sondern auch vor Kälte. Selbst Lola zitterte. Es war merklich kühler geworden.

„Dort muss der Norden sein. Die Nostren. Wir sind bestimmt ganz nahe“, sagte José.

„Mir ist so kalt“, erwidere Mona. Ihre Lippen waren blass und blau.

„Mir ist so kalt. Mir ist gar nicht gut. Oh mein Gott, ich bin runtergefallen“

„Jetzt ist doch alles wieder in Ordnung. Es ist alles in Ordnung“, wiederholte Sharj.

„Mona, alles wird gut.“

Mona schaute Sharj und José mit großen Augen an.

„Das alles passiert wirklich, oder?“

„Ja, das haben wir dir doch schon mehrmals erklärt."

„Aber erst jetzt weiß ich, dass es wahr ist", stotterte sie.

„Ich bin gefallen. Ganz tief und ich bin nicht in meinem weichen Bett zuhause aufgewacht. Mein Gott, zuhause …"

Mona schaute Sharj fragend an.

„Alles wird sich ändern, Mona. Das Zuhause, das wir kennen, wird so nicht bestehen bleiben."

Mona weinte.

„Meine ganze Welt gerät aus den Fugen und ... und ... und wir sind hier und können gar nichts machen. Wir haben doch schon zwei Geister, können wir nicht nach Hause? Ich will wieder nach Hause", weinte sie.

„Mona", José kniete sich vor sie und nahm ihre eiskalten Hände in seine und rieb sie zwischen seinen Handflächen.

„Mona, hör zu. Wir können erst nach Hause, wenn unsere Mission erfüllt ist. Dann kommen wir automatisch genau wieder dorthin, wo wir waren. Zu dem Grillplatz, verstehst du mich?"

„Mmh."

„Mona, schau mich an!", forderte José sie eindringlich auf. Mona hob den Kopf und sah in seine Augen. Sie nickte kaum merklich.

Lola bellte. José schaute sich um. Das Schiff verlor an Höhe. Es schien fast so, als wollten sie landen. Er konnte die Siedlung der Nostren sehen. Hier war alles spacig, riesige Fabriken, überall Industrie.

„Was machen die hier? Was stellen sie her?", rief er nach unten und einer der beiden Geister antwortete:

„Metall, Spindeln, alles Mögliche. Die Nostren sind sehr reich. Wir müssen das Schiff etwas außerhalb landen. Wir können nicht riskieren, gesehen zu werden."

Und so landeten sie in einer fast wüstenhaften Umgebung. Ein paar alte, verrottete Fabrikhallen standen hier, die offensichtlich keiner mehr nutzte.

„Hier liegt noch eine Karte auf dem Schiff", rief José. „Und hier sind noch drei weitere. Es gibt insgesamt vier Karten. Diese hier ist vom Norden. Schaut mal, hier sind Symbole für Metall eingezeichnet. Das ist bestimmt die Stelle, wo die Erzbergwerke sind.“

„Ich vermute, wir sind jetzt hier. Dort steht Niemandsland.“

„Klingt gut,“, sagte Sharj, „dann wird auch niemand das Schiff sehen.“

„Und uns auch nicht“, erwiderte Mona.

„Wuff“, bellte Lola.

José tätschelte ihr den Kopf. „Musst du immer das letzte Wort haben, hm? Wie soll ich dich eigentlich nennen? Lola, Amur oder Wo?“

Lola wedelte als Antwort einfach nur mit dem Schwanz.

„Auch gut. Ist dir egal. Ich habs gewusst. Hier sind Seen eingezeichnet“, erklärte José etwas ernster.

„Einer ist der sogenannte Schluchzsee, der andere ist der See des Hier und Jetzt. Schaut, hier ist ein Zulauf, der führt genau von dieser Fabrik in den Schluchzsee. Bestimmt wird dort der ganze Unrat aus der Fabrik eingeleitet.“

„Igitt, wie eklig“, sagte Mona. „Ich denke,

wir gehen zuerst wieder dorthin, wo sie ihre Öllampen lagern. Das hat sich gut bewährt."

„Zumindest einmal", gab Sharj zu bedenken.

„Lasst uns abstimmen. Wer ist dafür?"

„Wuff", nickte Lola, Mona und Sharj hoben zögernd die Hand.

„Kommt ihr mit?", fragte José die beiden Geister.

„Besser nicht. Wir bleiben beim Schiff. Vielleicht müssen wir einen Zauber anwenden und es unsichtbar machen. Es ist heller Tag und für uns viel zu gefährlich."

„Einverstanden", erwiderte José. „Wir beeilen uns."

„Ich hoffe, ihr habt Glück", wünschte der Geist der Zukunft.

José nickte nur. Im Stillen dachte er, dass er das ebenso hoffte. Sie liefen schnell, denn die Kälte setzte ihnen ganz schön zu. Mit ihren leichten Tüchern fror Sharj besonders stark. Mona war regelrecht in einen Laufschritt verfallen. Lola war schon so außer Atem, dass sie hechelte.

Kapitel 14

Fabrik der Nostren

„Weiter!“ José trieb sie immer wieder zur Eile an.

„Da vorne sind die ersten Häuser – wow!“

Alles schien aus Metall. Die Häuser sahen fast aus wie Container. Was woanders aus Stein gebaut wurde, war hier aus silbrigem Metall. Es sah richtig futuristisch aus, besonders wenn sich die Sonne darin spiegelte.

Aber der Anblick der Straßen war traurig. Hier gab es keine Erwachsenen, keine Kinder, niemanden. Die vier waren die einzigen auf der Straße. Sie liefen auf eine große Fabrik zu. Keine Geräusche drangen von dort nach draußen. Als sie die Fabrikhalle betraten, war dort niemand. Die Maschinen hatten wohl schon lange aufgehört zu arbeiten.

„Hallo“, rief José in die Stille. Ein Mann kam von hinten.

„Was tut ihr hier?“

Er schaute fragend – insbesondere auf die beiden Mädchen.

„Ihr holt euch hier den Tod. Es ist viel zu kalt. Wer seid ihr und was wollt ihr?“, fragte er barsch.

„Wir sind die Abgesandten, die nach den Windgeistern suchen."

„Die Winde haben uns verlassen und werden nie mehr zurückkommen."

„Wieso seid ihr da so sicher?", fragte Sharj.

„Weil sie uns verlassen und im Stich gelassen haben. Sie sind einfach fortgegangen. Wir brauchen die Geister und haben sie verehrt wie Götter. Ohne sie können wir nicht überleben. Wir haben kein Öl mehr, unsere Maschinen laufen nicht. Wir können kein Metall herstellen, keine Spindeln, rein gar nichts. Nahrungsmittel bekommen wir auch nicht mehr geliefert. Du bist doch eine Suhai. Habt ihr noch zu essen?"

Und er schaute Mona an, als wäre sie für all dieses Leid verantwortlich.

„Nein, wir haben auch nichts mehr."

„Wir auch nicht", ergänzte Sharj.

„Hm, der Wo ist ja ziemlich fett. Im Notfall müssen wir den essen", sagte der Mann.

Mona stellte sich sofort vor Lola.

„Auf keinen Fall – er gehört zu uns. Das ist unser Wo."

„Hm“, knurrte der Mann.

„Wo lagert ihr denn das Öl?“, wollte José wissen.

„Das hab ich dir doch eben erklärt, Junge. Hier gibt es kein Öl mehr.“

„Entschuldigung, ich meine die Öllampen.“

„Ach die – hier unten.“

Er stieg behäbig eine Treppe in den Keller hinunter. Sie folgten ihm unaufgefordert und gelangten in einem großen Raum, der voll mit Ölkannen war. Es waren mindestens tausend. Der Raum war quadratisch und riesengroß. Sharj zählte schnell die Regale. Zehn Regale an der gegenüberliegenden Wand und links zwölf, rechts wieder zehn und an der Wand neben der Treppe standen weitere fünf.

„Hättet ihr bitte etwas zu trinken für uns, guter Mann?“, fragte José.

„Ich bringe euch eine Kanne heißes Wasser mit Kräutern.“

„Danke, wir werden hier unten bleiben und uns die Öllampen mal genauer ansehen.“

„Tut, was ihr nicht lassen könnt. Aber

wenn hier ein Geist wäre, dann hätten wir den schon gefunden“, knurrte der Mann und schlurfte davon.

„Uff, das ist aber kein netter Zeitgenosse“, sagte Mona.

„Wie der mich angeschaut hat! Als ob ich für all dies verantwortlich wäre.“

„Das habe ich auch gemerkt“, sagte Sharj.

José schüttelte nur mit dem Kopf.

„Mädels, wir werden hier Tage brauchen.“

„Oh ja, das sehe ich auch so. Aber es nutzt nichts. Lasst uns anfangen.“

Sharj kniete sich vor das erste Regal neben der Treppe und begann ein Öllämpchen nach dem anderen in die Hand zu nehmen. Sie war gerade mit der unteren Reihe fertig, als der Mann umständlich die Treppe herunter kam. In den Händen hielt er einen Topf mit offenbar heißem Wasser, den er weit von sich weg hielt.

„Hier“, er setzte den Topf auf dem Boden ab. An seinem Gürtel hingen drei Tassen, die er dazu stellte.

„Lasst es euch schmecken. Etwas anderes habe ich nicht. Viel Glück bei der Suche.“

Er wollte gerade wieder zur Treppe, da rief Sharj: „Guter Mann, wann haben sie Sampa das letzte Mal gesehen?"

„Sampa?

In letzter Zeit eigentlich fast jeden Tag – wie er mit seinem Flugbrett durch die Lüfte jagte und uns verhöhnt und verspottet hat."

„Wo war er?"

„In der ganzen Stadt. Er flog ständig rum, sonst tat er nichts. Aber das ist ja nun vorbei."

„War er einmal hier unten?"

„Pah! Nicht, dass ich wüsste. Ich habe ihn noch nie absteigen sehen. Ich erinnere mich noch genau, wie er von oben lachte und sowas komisches sagte, wie: Ihr Nostren, ihr werdet schon sehen, was ihr davon habt.

Ich habe keine Ahnung, wovon der Junge sprach. Er war nicht immer so. Bestimmt ist es der Verlust der Mutter, der ihn so gemein werden ließ. Nein, die Öllämpchen tauschen, das machten die anderen Wegel. Sampa arbeitet nicht."

„Und wann waren die Wegel das letzte Mal hier?"

„Eigentlich hätten sie einen Tag, nachdem unser Wind weg war, kommen sollen. Wir sammeln immer ziemlich viel. Aber wie ihr seht, kam niemand; weil sie nicht mehr kommen konnten. Haben die Wegels denn noch Öl?“

Er schaute den Wo an. Lola bellte.

„Ach, du bist nur ein Wo und verstehst nix. Gut, Kinder, ich wünsche euch viel Glück. Wenn ihr mich braucht, ich bin oben. Muss nutzlose Dinge erledigen.“

Und er stapfte von dannen.

„Ich weiß nicht …“, sagte Mona, „ich glaube, wir können uns das hier sparen.“

„Nein, können wir nicht.“

Sharj hatte sich schon wieder dem Regal zugewandt. Und José setzte sich vor das nächste Regal. Nur Mona tauchte eine Tasse in das heiße Getränk. Sie verbrannte sich fast die Lippen, als sie den Tee probierte. Die Wärme tat ihr gut.

„Es schmeckt eklig, aber etwas anderes haben wir nicht“, sagte sie. Sie füllte die anderen beiden Tassen und stellte sie jeweils neben Sharj und José ab. Dann ging sie selbst zu einem Regal und begann, die Öllämpchen zu inspizieren.

Sie verbrachten Stunden mit der Kontrolle der Ölbehälter, sie zu entkorken und erfolglos wieder zu verschließen – mit der ernüchternden Erkenntnis, dass hier nichts zu finden war. Das heiße Kräuterwasser hatten sie mittlerweile ausgetrunken. José ließ Lola aus seinem Becher mittrinken.

„Hier ist nichts", sagte Mona entmutigt. José zog die Landkarte raus.

„Wir könnten zum See laufen."

„Durch die Kälte?" Mona verzog das Gesicht.

„Vielleicht haben die ja ein Boot hier", warf Sharj ein.

„Damit könnten wir über diesen Abwasserkanal fahren. Dann kommen wir direkt an den Schluchzsee und genau dahinter liegt der See des Hier und Jetzt."

„Dann lasst uns den Mann danach fragen."

Gemeinsam stiegen sie die Stufen hinauf und riefen nach ihm. Aber niemand antwortete.

„Der Mann ist bestimmt nach Hause gegangen.“

„Kommt, dann lasst uns mal suchen, wo dieser Abwasserkanal beginnt.“

José rannte raus und um das Fabrikgebäude herum.

„Hierher – kommt, kommt, kommt“, rief er ganz aufgeregt.

„Hier liegt ein kleines Boot.“

„Das ist wohl eher eine Nussschale. Da steige ich nicht ein“, sagte Mona. „Das Ding ist zu klein.“

„Stell dich nicht so an, wir haben keine andere Wahl.“

José bekam langsam schlechte Laune. Auch er wünschte sich nichts sehnlicher als nach Hause zu kommen. Aber dorthin konnte er erst, wenn er hier alles in Ordnung gebracht hatte. So trieb er die anderen wieder zur Eile an.

Kapitel 15

Das Geheimnis im Schlu-chzsee

Dicht gedrängt setzten sie sich ins Boot. Lola hockte sich zwischen Monas Beine. José stellte sich in die Mitte und stieß das Boot mit einem Ruder ab. Das Wasser stank. „Hoffentlich falle ich da nicht rein“, unkte Mona.

„Ihr müsst schauen, dass ihr die Balance haltet. Mona, du bist schwerer als Sharj. Das liegt an Lola. Komm hier in die Mitte, du Wo.“

Schon war das Boot im Gleichgewicht und schaukelte nicht mehr.

„Besser?“, fragte er Mona.

Diese nickte nur. Selbst José wurde schlecht von diesem elendigen Gestank. Der schmale Kanal mündete endlich in den See und das Boot trieb ziellos dahin.

„Und jetzt?“, fragte Mona. Sie hatte immer noch Angst ins Wasser zu fallen.

„Vielleicht hat Sampa die Öllampe mit dem Geist hier versteckt?“

„Wo meinst du?“, fragte Sharj.

„Na, hier im See."

„Oh, mein Gott, du willst doch nicht da rein? In das kalte, dreckige Wasser?", jammerte Mona.

„Habe ich denn eine Wahl?", fragte José und sprang in dieses stinkende Nass. Das Wasser schwappte ins Boot. Die beiden Mädchen rutschten instinktiv näher zusammen, um nichts davon abzubekommen. Nach einer Weile tauchte José wieder auf – schmutzig und irgendwie ölverschmiert.

„Ich kann nichts sehen. Lola, gib mir deine Brille. Diese Fliegerbrille ist bestimmt auch zum Tauchen geeignet."

Lola kam heran. José nahm ihr die Brille ab und setzte sie auf.

„Passt wie angegossen", grinste er und tauchte wieder ab.

Die beiden Mädchen blieben verwundert und ängstlich zurück.

José tauchte zum Grund des Sees. Wenigstens konnte er ein wenig sehen, wenn er sich mit den Händen den Weg frei machte. Denn dieses seltsame Öl stieg in Schlieren wie schwarze Algen nach oben. Es war beinahe fest. Er tauchte noch einmal auf, um Luft zu holen und zeigte den Mädchen mit dem Daumen nach oben, dass alles in Ordnung war.

Dann tauchte er wieder ab und erreichte den Rand des Sees. Er befühlte die Wand und schwamm langsam an ihr entlang nach oben. Sie war rau, steinig und – da war etwas! Ein loser Brocken nahe der Wasseroberfläche? José rüttelte daran und plötzlich öffnete sich eine Tür.

Er schlüpfte hinein. Hier konnte er stehen. Das Wasser, welches beim Öffnen der Tür mit hineingeflossen war, reichte ihm nur bis zu den Knien. Er nahm die Brille ab, wischte sich übers Gesicht und schaute sich um. Hier drinnen schien alles blitzblank zu sein. José fragte sich, welchem Zweck die Grotte wohl diente. Seine Neugier trieb ihn weiter in die zunächst leicht ansteigende Höhle hinein. Es gab nicht nur diese eine Grotte. Ein Weg zweigte ab und führte ihn weiter in die Felsen hinein. Rechts und links befanden sich kleine Höhlen. Sie waren leer.

José lief den Weg weiter bis zu einer Treppe, die steil nach unten führte. Sie war etwas glitschig und mit Moos bewachsen. Dann vernahm er ein lauter werdendes Rauschen wie von einem Wasserfall. Vor ihm tauchte ein Bach auf, den er über eine Hängebrücke überqueren konnte.

Wann ist hier wohl das letzte Mal ein Mensch gewesen, fragte er sich. Er hatte Angst, dass die Brücke einstürzen könnte und bewegte sich sehr vorsichtig.

Wer würde ihn hier finden? Oje, ihm wurde plötzlich bewusst, dass die Mädchen oben auf dem See mit Lola warteten. Seine Neugier war zwar groß, doch er kehrte um, lief den Weg zurück, die Treppe nach oben, den Weg durch die Grotte, dorthin, wo er hereingekommen war. Das erkannte er, weil da noch das Wasser stand, das durch die offene Tür hereingelaufen war. Aber er fand keinen Türgriff. Er suchte nach einem losen Stein, doch da war nichts. Er war gefangen! Er musste einen anderen Weg heraus suchen. Also lief er wieder zurück.

Kapitel 16

Flugbrillen

Die beiden Mädchen auf dem See wurden nervös. Selbst Lola jaulte und bellte.

„Er kommt nicht wieder zurück. Mein Gott. Zuletzt war er doch dort hinten. Ich ... ich muss rein.“

„Sharj warte. Zieh wenigstens die Klamotten aus.“

„In Ordnung.“

Sharj entkleidete sich bis auf die Unterwäsche. Dann sprang sie kopfüber in den See. Dort gab es nichts außer Schlamm und Dreck. Sie tauchte nach unten. Die Sicht war miserabel, sie fand nichts. Keinen José! Aber auch nichts Gefährliches, wo er sich hätte verfangen können. Einfach nur ölige Jauche. Sie schwamm zurück zum Boot und war den Tränen nahe.

„Er ist weg. Wir müssen zurück.“

„Aber ... aber wenn er kommt?“

„Wir müssen zurück!“, rief sie panisch.

„Irgendwas ist passiert.“

Sie zog ihre Kleider schnell über, nahm das Ruder und bewegte das kleine Nussschalenboot wieder in Richtung Fabrik. Als sie eine Möglichkeit gefunden hatten, das Boot zu befestigen, stiegen sie aus, rannten in das Fabrikgelände, durchquerten die Halle und liefen den gesamten weiten Weg zurück, bis sie wieder dort ankamen, wo sie das Luftschiff geparkt hatten. Aber das Segelschiff war weg.

„Hallo, seid ihr noch da?“, rief Sharj.

„Hallo?“

„Oh mein Gott, hier ist niemand mehr.“

Da erschien eine kleine Kugel vor ihr.

„Ah, ihr seid da.“

„Habt ihr den Geist der Gegenwart?“, fragte der Windgeist.

„Nein, unser Freund José – er ist verschwunden. Wir brauchen Hilfe.“

„Wir können euch nicht helfen.“

Jetzt war auch die andere Geist-Kugel aufgetaucht.

„Wir müssen ihm helfen. Er ist in den Schluchzsee getaucht. Erst hat er noch Lolas Fliegerbrille geholt und dann war er weg.“

„Bestimmt hat er da unten etwas gefunden. Vielleicht sollten wir einfach warten“, schlug der andere Geist vor.

„Aber nein, ihr versteht nicht. Ich muss ihn finden, aber ich kann nichts sehen. Wir brauchen ... wir brauchen Fliegerbrillen, drei Stück.“

„Das heißt, wir müssten zu den Wegels, welche besorgen“, sagte der Geist der Zukunft.

„Dann bringt mich hin. Ich brauche die Brillen. Bringt mich hin!“

„Gut, uns wird nichts anderes übrigbleiben.“

„Lola, Mona, bleibt hier und versteckt euch im Schiff. Du bringst mich hin“, forderte sie vom Geist der Zukunft, „und du, Geist der Vergangenheit, du bleibst hier und machst das Schiff wieder unsichtbar. Pass auf meine Freunde auf! Los, bring mich hin!“

„Du musst dich auf mich setzen.“

„Okay.“

Sharj setzte sich auf die etwas größer gewordene Kugel. Sie hatte keine Angst, denn sie konnte nur daran denken, dass sie José retten musste, wo immer er auch war. Sie stiegen in die Luft.

„Du bist klein, ich schaffe es, dich mit mir unsichtbar zu machen, damit uns keiner sieht und wir nicht so hoch fliegen müssen. Aber es geht nur langsam, damit keiner meinen Lufthauch spüren kann."

„Ist gut", zitterte Sharj.

Die Reise schien ewig zu dauern, als sie endlich das bekannte Land der Wegels sah.

„Wo müssen wir hin?", fragte sie leise.

„Na, zu den Flugbrettern."

„Dann bring mich dorthin!"

Und schon landeten sie neben den Luftbrettern. Sharj sprang von der Kugel und suchte alles ab. Hier waren keine Brillen.

„Können wir gleich nicht so ein Flugbrett für den Rückweg nehmen?"

„Viel zu gefährlich. Wenn Sampa das merkt, sind wir verloren", flüsterte der Geist.

Sharj sah ein niedriges Haus in der Nähe. Sie eilte darauf zu. Vorsichtig öffnete sie die Tür und schlüpfte hinein. Hier war niemand, aber auf einem Tisch lagen Flugbrillen und Flugkappen. Sie steckte drei Brillen ein und eilte zurück.

„Ich hab welche."

„Dann nichts wie weg", sagte der Windgeist und machte sie beide unsichtbar. Gemeinsam flogen sie zurück in den Norden. Sharj freute sich diesmal richtig, als es langsam immer kälter wurde.

„Schneller,", rief sie, „schneller."

Tatsächlich, der Wind gehorchte und sie flogen etwas zügiger. Als er zur Landung ansetzte, strahlte Sharj. Sie hatte sich noch nie so gefreut, obwohl ihr erbärmlich kalt war.

Sie sprang am Ziel von der Kugel herunter und schrie: „Mona! Lola!"

Der Wo kam schwanzwedelnd auf sie zu und selbst Mona ließ sich nicht zweimal bitten.

„Ich hab die Brillen. Lasst uns zurückgehen." Und den Geistern befahl sie: „Ihr wartet hier!"

Und so rannten die Freunde wieder zur Fabrik und bis zum Boot, das auf diesem trüben Kanal schaukelte. Sie stiegen ein. Mit aller Kraft ruderte Sharj in die Mitte des Sees.

„Hier."

Sie reichte Mona eine Brille und schaute Lola fragend an.

„Schaffst du das?“

Lola nickte.

„Gut, Amur, ich weiß, dass du da drin bist. Gib alles!“

Sie selbst setzte sich die letzte Fliegerbrille auf und hoffte, dass sie als Taucherbrille funktionieren würde. Schon sprang sie samt ihrer Kleidung in das schmutzige, stinkende Nass. Die beiden anderen sprangen hinterher.

Sharj tauchte nach unten. Verzweifelt versuchte sie, die Ölschlieren mit ihren Händen zu vertreiben. Sie schwamm fast bis zum Rand des Sees, tauchte noch einmal auf, um Luft zu holen, so wie es José getan hatte. Dann tauchte sie wieder ab. Die anderen beiden schwammen direkt hinter ihr.

Hier war eine Felswand. Sie betastete sie – doch da war nichts, absolut nichts. Also tauchten sie an der Wand entlang langsam nach oben. Lola gab seltsam gurgelnde Geräusche von sich. Sharj schaute sich um und schwamm zu Lola. Sie waren doch schon fast an der Oberfläche – was war los? Mona wurde ebenfalls aufmerksam.

Als sie Lola erreicht hatten, drückte der Wo seine Pfote gegen einen Stein. Wie von Geisterhand öffnete sich eine Wand und die drei plumpsten in eine Höhle. Die Wand schloss sich wieder.

„Wow!“, staunten die beiden Mädchen.

Nur das schmutzige Wasser ließ ahnen, dass es aus dem See kam. Ansonsten war hier alles wunderschön, ordentlich und sauber.

„Das ist eine Grotte“, rief Mona.

Lola rannte in die Höhle hinein, bis sie nicht mehr im Wasser stand.

„José! José!“, riefen die beiden Mädchen und ihr Echo hallte gespenstisch zurück.

Sharj verschwendete keinen weiteren Blick an die schöne Grotte. Sie lief immer weiter.

„Hier ist ein Weg“, rief sie und rannte hinein. Rechts und links gab es zwei weitere Grotten. Sie schaute hinein, aber José war nicht zu sehen! Dann kam eine Treppe nach unten. Sie stürzte die Stufen herunter und versuchte nicht auszurutschen. Am Fuß der Treppe schaute sie sich eilig um und rief: „Kommt, kommt!“

Erst als sie die beiden anderen sah, lief sie weiter. Sie erreichte die Hängebrücke und wartete, bis Mona und Lola zu ihr aufgeschlossen waren.

Kapitel 17

Gefahr naht

Die Tür öffnete sich. Sampa sprang unter den Tisch und versteckte sich. Das war knapp! Wieso kam jetzt jemand in die Hütte? Er erkannte bunte Tücher, Sandalen – das musste dieses Osander-Mädchen sein. Was wollte die hier? Sein Geheimnis durfte nicht entdeckt werden.

Das Mädchen stand am Schreibtisch. Er hörte, dass sie irgendetwas von der Tischplatte nahm. Dann eilte sie wieder nach draußen.

Nachdem die Tür ins Schloss gefallen war, kam Sampa aus seinem Versteck hervor. Er sah auf dem Tisch nach – sie hatte Flugbrillen mitgenommen. Drei Stück. Was wollte sie damit? Schließlich wusste keiner besser als er, dass niemand mehr fliegen konnte. Also, was wollte dieses Gör mit den Brillen? Das musste er schnell herausfinden.

Er eilte zu seinem Vater. Dieser tagte immer noch mit den drei Abgesandten der anderen Völker.

„Hallo“, druckste Sampa herum. „Wisst

ihr schon was Neues?“

„Ja“, rief der Gesandte der Suhai, „du wirst es nicht glauben! Ich habe gerade Mitteilung bekommen, dass einer unserer Heißluftballons verschwunden sei.“

„Oh“, Sampa kratzte sich nervös im Nacken. „Aber … aber wie kann das denn sein?“

„Das, mein Junge“, erwiderte sein Vater, „bedeutet, dass die drei jungen Leute mit dem Wo Glück hatten. Vielleicht haben sie schon einen Geist gefunden! Denn ohne Wind kann sich der Ballon wohl schlecht bewegen!“

„A-a-aber“, stotterte Sampa, „vielleicht hat ihn jemand anders gestohlen.“

„Nein“, winkte der Abgesandte der Suhais ab, „das kann nicht sein. Die sind viel zu schwer. Niemand könnte sie einfach so bewegen.“

„Welchen Zweck sollte das auch haben – ohne Wind?“, mischte sich nun auch der Abgesandte der Nostren ein.

„Aber das ist ja toll“, sagte Sampa und quälte sich zu einem falschen Lächeln. „Es freut mich, dass Fortschritte gemacht werden. Vielleicht kommt bald alles wieder in Ordnung."

„Ja, mein Junge, möchtest du etwas mit uns trinken?", fragte sein Vater und legte stolz den Arm um ihn. Sein Sohn war offensichtlich zur Besinnung gekommen. Endlich interessierte er sich für das Schicksal Vintosas und dachte nicht mehr nur noch an sich selbst und seinen Kummer über den Tod seiner Mutter.

Sampa überlegte kurz, ob es für sein Vorhaben von Vorteil sein könnte, wenn er bleibt und nickte dann.

„Was habt ihr zu trinken, Männer?", fragte er übermütig und schon wurde ihm ein Becher zugeschoben.

„Das ist aber nichts für kleine Jungs", betonte der Abgesandte der Nostren und prostete ihm zu.

Sampa hob den Becher und ohne mit der Wimper zu zucken, leerte er ihn in einem Zug. Fast augenblicklich spürte er einen Druck hinter der Stirn und ein Ziehen über der Nasenwurzel. Der Abgesandte der Nostren beobachtete ihn. Betont gelassen stellte Sampa das Glas auf dem Tisch ab.

„Guter Stoff, Junge."

Sampa nickte ihm zu.

Er blieb noch eine Weile bei den vier Männern sitzen. Aber damit vergeudete er nur seine Zeit. Die Männer wussten überhaupt nichts.

Sampa verabschiedete sich unter dem Vorwand, er sei müde. In Wirklichkeit aber war er alles andere als müde. Fieberhaft überlegte er. Wenn die Dreiergruppe mit dem Wo bei den Suhais gewesen war, hatten sie ihm von Anfang an nicht vertraut. Wenn sie bei den Suhais den Geist der Vergangenheit gefunden hätten, könnte dieser sie zu den anderen Geistern führen. Sampa wurde sich der Gefahr bewusst. Er musste handeln! Sie durften ihm auf keinem Fall auf die Schliche kommen! Dann wäre alles verloren!

Er grübelte weiter. Wenn sie den Geist der Vergangenheit haben, vielleicht haben sie auch schon den Geist der Zukunft? Der Geist der Zukunft – der war mir doch vom Luftbrett gefallen. Ich weiß selbst nicht genau, wo er ist. Aber den Geist der Gegenwart, den habe ich gut versteckt. Den würden sie nicht finden können. Dieses Versteck dürfen sie niemals finden!

Sampa rannte zurück zur Werkstatt, wo Sharj vorhin die drei Flugbrillen geholt hatte. Ratlos lief er im Raum umher. Dann kam ihm endlich eine Idee. Ich werde euch einschließen, selbst wenn ihr dort seid, ihr werdet nie mehr zurückkommen. Dieses Geheimnis bleibt verborgen.

Böse lachte er über seinen genialen Einfall und suchte im Hof Zementsäcke. Aus der Werkstatt holte er sich einen leeren Eimer und füllte ihn mit Zement. Er schaute sich um. Keine Menschenseele in Sicht. Das passte perfekt. Schnell setzte er eine Flugbrille auf, stieg auf sein Luftbrett und hob langsam ab. Er war so euphorisch, dass es ihm fast schon egal war, ob ihn jemand sehen und sich fragen würde, warum Sampa fliegen könnte. Das war sein größtes Geheimnis!

Die Temperatur änderte sich. Es wurde kälter; das Ziel kam näher. Und dann sah er es unter sich: die beiden Seen im Norden.

Er wollte zum See des Hier und Jetzt. Langsam leitete er die Landung ein. Er kniete sich vorne auf sein Brett, fasste es mit beiden Händen, sodass er fast auf ihm lag, und drückte es nach unten, bis er am Seeufer aufsetzte. Hastig entlud Sampa den Eimer mit Zement und trug ihn zu einem kleinen Höhleneingang.

Dort lauschte er angestrengt, aber kein Geräusch drang an sein Ohr. Entweder war niemand in der Höhle – dann würde sie nach seiner Arbeit auch zukünftig unentdeckt bleiben – oder wenn sie schon drin wären, kämen sie nie mehr heraus.

Er suchte Steine am Rand des Sees und schleppte sie zum Tor. Dann gab er Wasser und Sand zu dem Zement und vermischte alles miteinander. Er stapelte die Steine in die Türöffnung und drückte mit seinen Händen großzügig den frisch angerührten Mörtel in die Zwischenräume. Vorfreude breitete sich in ihm aus. Zum Schluss suchte er ein paar herumliegende Blätter und Äste und presste sie in den feuchten Beton.

Zufrieden schaute er sich sein Werk an. Das wird niemand bemerken, lachte er in sich hinein. Eilig räumte er die Reste weg, verstaute den Eimer wieder auf seinem Flugbrett und stieg hinauf in die Lüfte.

Einziger Zeuge seines Tuns war das Echo seines bösen Lachens, das bis in das Innere der Höhle widerhallte.

Kapitel 18

Gefangen

„Habt ihr das gehört?“, rief Sharj erschrocken und schaute Mona und Lola an. Mona nickte.

„Klingt böse.“

„Furchterregend“, sagte Sharj.

„Was war das? Hoffentlich nichts, was sich in dieser Höhle versteckt. Lass uns lieber weiterlaufen.“

Und schon lief Sharj auf die Hängebrücke. Die beiden anderen folgten ihr auf den schwankenden Übergang. Mona krallte ihre Hände in die Handläufe.

„Ich hab Angst!“

Sharj hätte ihr am liebsten zugestimmt, aber sie rief stattdessen: „Weiter Mona, weiter!“

Am anderen Ende der Brücke erkannte sie eine Person, die beim Näherkommen sehr vertraut aussah.

„José“, rief sie freudig und rannte so schnell, wie es die tanzende Konstruktion zuließ, auf ihn zu. José machte einen Luftsprung vor Freude, als er sie verwundert erkannte.

„Ihr seid das! Ich hatte schon solche Angst, ich würde euch nie mehr wiedersehen! Wie seid ihr hier reingekommen?"

„Durch den See", sagte Mona. „Lola hat uns geführt."

Gemeinsam schauten sie Lola anerkennend an, die laut bellte. José ging in die Hocke und streichelte sie: „Meine gute Lola, lieber Amur. Ich danke dir von ganzem Herzen!"

Dann sah er die beiden Mädchen an.

„Ist die Tür hinter euch noch auf?"

„Nein, sie hat sich sofort geschlossen, so als ob sie nie dagewesen wäre", sagte Sharj.

„Wir brauchen einen anderen Ausgang. Ich habe weiter vorne alles abgesucht. Da ist nichts."

„Zu irgendetwas muss die Brücke doch hinführen", erwiderte Mona.

„Hm, und der Bach dort unten", sinnierte Sharj. „Wie der wohl entstanden ist? Vielleicht verbindet er die beiden Seen? Und es gibt einen zweiten Ausgang …"

„Dass ich da nicht selbst draufgekommen bin!" José schlug sich mit der Hand vor die

Stirn.

„Hach, was ist denn das?“

Mona griff sich an den Kopf. Automatisch folgten José und Sharj ihren hektischen Bewegungen.

„Deine Federn“, rief José, „sie spielen verrückt.“

„Oh ja, das merke ich.“

„Ganz ruhig“, erwiderte Sharj, „das ist das viele Wasser um uns herum.“

„Ach ja, fast hätte ich es vergessen. Wir sind ja mitten zwischen den Seen oder schon unter dem See des Hier und Jetzt.“

„Wenn ihr wollt, suchen wir da vorne nochmal alles ab. Ich bin zwar der Meinung, schon alles gesehen zu haben, aber acht Augen sehen mehr als zwei.“

José drehte sich um und lief den engen Gang entlang. Er zeigte seinen Freunden das, was er vorher schon alles entdeckt hatte. Als sie in der Sackgasse angekommen waren, sagte er: „Seht ihr? Hier ist nichts!“

„Was ist das da?“

„Hm, sieht aus wie ein alter Brunnen.“

„Ein Brunnen? In einer Grotte?“

Sharj beugte sich hinein.

„Er sieht tief aus. Hat jemand einen Stein?"

José hob einen Kiesel vom Boden auf und reichte ihn Sharj, die ihn in den Brunnen warf. Angestrengt horchten sie. Es dauerte ziemlich lange, dann hörten sie ein Klacken.

„Das muss sehr tief sein", sagte Sharj.

„Hier ist ein Eimer, der an einem langen Tau befestigt ist. Wir könnten ihn abseilen."

„Hm", sagte José, „und einer von uns könnte hineinklettern. Du Sharj, du bist die leichteste! Mona und ich bleiben hier oben. Und wenn dort unten nichts ist, ziehen wir dich wieder hoch."

Sharj wollte etwas erwidern. Es gefiel ihr gar nicht, dass José einfach über sie bestimmte. Schließlich wussten sie ja nicht, was da unten lauerte.

Mona kam ihr zuvor: „José, ich weiß nicht, ob das eine gute Idee ist. Wir sind in einer unbekannten Welt und wissen nicht, was dort unten ist. Ich halte das für zu gefährlich!"

„Stimmt auch, du hast recht. Ich muss da runter! Aber bitte holt mich wieder hoch!"

„Nein José“, rief Sharj.

„Doch! Es war eine dumme Idee von mir, dich vorschicken zu wollen, Sharj. Und glaube mir, ich habe es nur wegen deines Gewichtes gesagt.“ Dabei hievte er den Eimer über den Brunnenrand und sprang mit einem Satz hinein.

„Lasst mich nicht fallen!“, rief er, als er heruntersauste. Gerade noch rechtzeitig bekamen sie den Griff der Rolle zu fassen, um die das Seil gebunden war, so dass sie seinen Fall rechtzeitig beenden konnten.

„Uff“, hörten sie José rufen.

„Alles okay?“, rief Sharj nach unten.

„Ja, lasst mehr Seil nach!“

Langsam und mit Bedacht drehte Sharj an der Kurbel, das Tau gab nach und José sank weiter nach unten. Als sie aus dem Brunnen ein dumpfes Geräusch hörten, rief Mona in den Schacht: „José? Bist du unten angekommen?“

„Ja“, hallte es nach oben.

José, der froh war, endlich aus diesem unbequemen Eimer aussteigen zu können, erkundete die Umgebung. Dies war kein gewöhnlicher Brunnen, denn hier unten gab es einen richtigen Raum und kein Wasser. José tastete sich an der Wand entlang und versuchte die Größe mit Schritten abzumessen. Dann erreichte er jedoch eine Biegung. Vorsichtig tastete er sich weiter voran. Aus Angst zu fallen, ging er in die Hocke und kroch er weiter. Nochmal kam eine Biegung, dann Treppen, die nach oben führten. Auf allen vieren begann er wie ein Hund die Treppe hinauf zu krabbeln. Dann sah er oben einen Lichtschein.

Aufgeregt kroch er zurück, immer noch auf allen vieren. Als er nach einer gefühlten Ewigkeit den Eimer wiedergefunden hatte, zog er heftig am Seil: „Mona, Sharj! Lola! Hier ist ein Weg. Ich glaube, wir kommen hier raus!“

Wie durch ein langes Rohr kamen die Worte bei den Mädchen an.

„Schickt mir erst Lola runter! Und dann kommt eine von euch und die letzte, die muss klettern!“, rief er.

Die Mädchen zogen den leeren Eimer mit

der Seilwinde nach oben. Lola sprang aufgeregt hinein, denn sie hatte jedes Wort verstanden.

„Sei vorsichtig", sagte Sharj und gab Lola einen dicken Kuss.

Dann seilten sie Lola ab. Als sie das okay von José hörten, zogen sie den Eimer wieder nach oben. Sie blickten sich stumm an. Wer würde am Seil herunter klettern? Mona schaute Sharj flehend in die Augen.

„Mona, du setzt dich in den Eimer. Ich kann klettern."

„Danke, Schwester!", sagte Mona aufatmend. „Das werde ich dir nicht vergessen!"

Sharj lächelte und nahm all ihre Kraft zusammen, um Mona sicher herabzulassen. Als sie hörte, dass Mona unten angekommen war, setzte Sharj sich an den Rand des Brunnens und ruhte sich aus. Es hatte sie viel Anstrengung gekostet, Mona ohne Hilfe abzuseilen. Sie sah an sich herab und riss zwei Stücke Stoff von ihrem Kleid ab. Das band sie sich um die Hände – zum Schutz. In einem Film hatte sie das mal gesehen.

Mit den umwickelten Händen griff sie

nach dem Seil und begann in das dunkle Loch hinab zu klettern. Die ersten paar Meter fielen ihr leicht, aber dann fühlte sie die erste Müdigkeit in ihren Oberarmen. Trotzdem musste sie weiter …

Sie kam nur langsam voran. José und Mona riefen ungeduldig. Sharj spürte, wie ihre Kräfte schwanden. Die Muskeln brannten und sie konnte sich nicht mehr halten. Viel zu schnell rutschte sie nach unten. Sie stürzte ab! Nein!

Mit letzter Willenskraft klammerte sich Sharj wieder an das Seil und wurde langsamer. Und plötzlich bremste sie etwas abrupt ab. Es war José! Er war das Seil ein Stück hochgeklettert. Nicht auszudenken, wenn sie ihm ungebremst auf den Kopf geknallt wäre!

„Ganz langsam, Sharj!“, rief er, „ich bin bei dir! Es ist nur noch ein Stück, ein kleines Stück, Sharj!“

Zum Zeichen, dass er da war, streichelte er ihr Bein.

„Komm, ein Stückchen noch!“

Und gemeinsam schafften sie den Abstieg.

Als José mit seinen Füßen den Boden berührte, nahm er Sharj sanft in den Arm und setzte sie ab.

„Wir haben es geschafft", stieß er lachend aus. Doch Sharj sank erschöpft in sich zusammen und schluchzte.

„Alles gut, alles gut", beruhigte José sie. „Du bist in Sicherheit."

All das, was sie bedrückte, brach nun aus ihr heraus. Wie kleine Sturzbäche liefen ihr Tränen die Wangen herunter.

Sie schluchzte: „Egal … und wenn ich gestorben wäre … Otto will mich sowieso umbringen!"

„Ich glaube das immer noch nicht", rief Mona ganz entrüstet. „Otto liebt dich."

„N-n-nein, tut er nicht", stotterte Sharj weinend. „Der Geist der Zukunft hat es mir auch gesagt … das Parfüm! Ich sah meinen eignen Tod auf dem Berg der Wahrheit. Er wird mich umbringen!"

Lola schleckte ihr die Hand ab und dann auch die Tränen aus dem Gesicht. Sharj ließ es widerstandslos geschehen.

„Der Geist der Zukunft hat mir alles gezeigt“, jammerte Sharj.

José hatte es die Sprache verschlagen. Er wusste immer schon, dass dieser Otto falsch war. Aber konnte er das vor Mona zugeben? Schließlich war Otto ihr Vater.

Stattdessen sagte José: „Wenn wir auf dem Schiff sind, dann fragen wir noch einmal den Geist.“

Sharj nickte. Mona wollte das alles nicht wahrhaben und widersprach José: „Der Geist der Zukunft, was hat er uns denn vorhergesagt? Blödsinn! Auf jeden Fall werde ich eine erfolgreiche Schmuckdesignerin und du, José, du wirst ein fantastischer Tierarzt, dessen bin ich mir sicher. – Komm schon Sharj! Du wirst nicht sterben, dafür werden wir sorgen!“

„Sonst wäre Amur ganz umsonst zurückgekommen. Alles wird gut. Wir werden das schaffen!“, betonte auch José.

„José hat recht. Lass uns warten, bis wir auf dem Schiff sind. Dann werden wir den Geist noch einmal fragen.“

„Ja, ist gut“, stimmte Sharj den beiden schluchzend zu.

Nur Lola – oder vielmehr Amur – wusste, dass die Vision von Sharj richtig war, aber er hoffte, dass sich dennoch alles zum Guten wenden würde.

„Kommt hinter mir her! Bleibt dicht bei mir! Wir müssen hier entlang!“

José tastete sich langsam, wie zuvor, an der Wand entlang. Als die erste Biegung kam, ging er wieder auf alle viere und ließ seine Freunde das Gleiche tun: „Macht es einfach wie Lola.“ Dabei lachte er.

„Gleich kommt die Treppe“, kündigte er lauthals an „und dann könnt ihr oben einen Lichtstrahl sehen!“

Doch der Lichtstrahl kam nicht.

„Welches Licht meinst du?“, fragte Sharj. Ihre Augen hatten sich langsam an die Dunkelheit gewöhnt. So konnte sie tatsächlich einzelne Treppenstufen erkennen.

„Hier ist ein Podest“, rief Mona aufgeregt, „Ich kann es fühlen!“

Sie krabbelte nach rechts. Sharj folgte Mona, und ihre Hand ertastete eine erhöhte, ebene Fläche.

„Ja, hier ist ein Absatz. José, Lola!“, rief sie ihre Freunde und streckte ihren Arm über das Podest aus. Sie machte sich ganz lang und befühlte mit ihren Fingerspitzen den Boden, dann kroch sie hinauf.

„Hier wird es steiniger. Oh, hier ist noch eine Grotte!“, rief sie.

„Meine Federn, meine Federn“, jammerte Mona. Die Federn bogen sich in den Raum und zerrten an ihrem Kopf.

„Vielleicht ist dort ein Ausgang!“

„Oder einfach noch mehr Wasser!“, jammerte José.

Lola zeigte Mut. Sie drängelte sich an den beiden Mädchen vorbei und lief nach vorne in die Grotte. Damit die anderen ihr folgten, bellte sie laut. Diese Höhle war nicht sehr hoch, gerade so, dass sie darin aufrecht stehen konnten. José streckte sich und konnte leicht die Decke berühren. Obwohl sie es vom Gang her erst nicht erkennen konnten, war der Raum in ein schummriges blaues Licht getaucht. Dieses blasse Leuchten schien aus einem See zu kommen. José steckte einen Fuß hinein, zog ihn aber sofort erschrocken zurück.

„Es pikst!“

Er fasste vorsichtig mit den Händen hinein.

„Kristalle!“

„Nicht ungewöhnlich in einer Grotte“, sagte Sharj.

„Ja, das erinnert mich an meine Zeit als Drache. Das könnten sogar Amethyste sein. Wenn wir die einpacken, werden wir vielleicht reich.“

„Besser nicht“, erwiderte Sharj.

„Schaut mal“, sagte Mona.

Wie ein feiner Nebel schwebte etwas über der Wasseroberfläche.

„Ein Geist! Das sieht aus wie ein Geist!“, rief Sharj. „Das muss der Geist der Gegenwart sein.“

„Aber wo ist sein Gefäß?“, rief José und schaute sich suchend um. Doch da war nichts.

„Vielleicht im Wasser“, sagte Mona und ging langsam in den See.

„Pass auf“, rief Sharj.

Doch Mona kümmerte sich nicht darum.

Zwar spürte sie durch ihre Schuhsohlen den einen oder anderen Stich, doch sie wollte unbedingt die Lampe finden. Aber hier war nichts. Das Wasser reichte ihr gerade mal bis zum Fußknöchel. Wäre hier eine Lampe, könnten sie diese bestimmt sehen.

Ihre Hand fuhr durch den feinen Nebel.

„Huh, ist das gruselig", sagte sie erschaudernd „Ich kann ihn anfassen."

„Pass auf, dass er dich nicht beißt", zog José sie auf und Mona riss erschrocken ihre Hand zurück.

„Was machen wir denn jetzt mit dem Geist-Nebel?"

Sharj hatte diese Frage noch nicht zu Ende gesprochen, da kam Mona eine Idee. Sie zog sich eine Feder aus dem Haar und hielt sie über den See. Der Dunst bewegte sich. Er reagierte auf die Feder.

„Komm näher, Mona!", rief José, „halte die Feder direkt in den Nebel."

Und tatsächlich, wie ein Magnet folgte der Geist der Feder.

„Toll, jetzt müssen wir nur noch hier herausfinden", stellte Mona erleichtert fest.

„Ja, aber ich weiß nicht, ob wir nicht auch sein Gefäß suchen sollten."

„Ach, es gibt überall so viele Öllampen", erwiderte Sharj.

„Von wo hast du das Licht gesehen?", wollte Sharj nochmal von José wissen.

„Als ich auf der Treppe war, da sah ich oben einen dünnen Lichtstrahl. Lasst uns wieder zur Treppe gehen."

Diesmal bestiegen sie die Treppe bis ganz nach oben.

„Boah, hier ist nichts! Wieder nur ein Gang …"

Sie krochen hintereinander her. Der Weg war niedrig und sehr schmal. Bald ging es nicht mehr weiter. Eine Sackgasse.

José ballte seine Hand zur Faust und hämmerte gegen die Wand.

„Verdammt, ich war so sicher!" In diesem Moment hielt er inne. Irgendetwas war an seiner Hand kleben geblieben.

„Was ist das?" Mühsam drehte er sich in dem engen Gang um und streckte seinen Arm aus.

„Sharj? Bist du das?“

„Ja“, antwortete sie.

„Meine Hand … ich … irgendetwas ist daran.“

Sharj betastete seine Hand.

„Hm“, sie roch daran. „Riecht muffig, aber es fühlt sich wie Stein an … und irgendwie feucht.“

Lola bellte.

„Geht zurück bis zur Treppe. Lola muss nach vorne.“

Und so krochen sie zurück, bis sie wieder bei der Treppe waren und ließen Lola an die Spitze ihres Trupps.

„Lauf Lola!“

Lola rannte in die Gasse und beschnüffelte die Wand. Jetzt konnte sie endlich zeigen, was in ihr steckte.

Sie biss in die Wand und kaute und pulverisierte die Steine, bis die ersten Sonnenstrahlen die vier blendeten.

Kapitel 19

See des Hier und Jetzt

Sie schirmten ihre Augen mit den Händen ab, um sie vor den Sonnenstrahlen zu schützen. Vor ihnen lag ein See mit kristallklarem Wasser und einer ruhigen Oberfläche, in der sich ihre Gesichter spiegelten.

„Das muss der See des Hier und Jetzt sein! Hier schau, Sharj! Es ist der andere See auf der Karte. Wir sind bis hierhin gekommen!“, jubelte José.

„Wie sauber dieser See ist“, sagte Mona und tauchte ihre Hand ein. Lola trank das klare Wasser.

„Hm …“, José überlegte. Er schaute auf den fast gar nicht mehr sichtbaren Geist, der ihnen immer noch folgte, was aber nur an Monas Zauberfedern lag. Mittlerweile standen Sharj und Mona schon kniehoch im Wasser und spritzten sich gegenseitig nass.

„Kommt raus! Wir haben keine Zeit für Spielereien! Wir müssen das Gefäß dieses Geistes finden!“

„Aber es ist so erfrischend, José“, rief Sharj. José gab sich geschlagen. „Okay, aber nur kurz!", folgte er den beiden in den See. Lola sprang übermütig neben ihm her, bis ihr das Wasser zum Hals reichte. Weiter ging sie nicht hinein. Eine Zeit lang tobten sie zusammen, doch José wurde schnell wieder ernst.

„Lasst uns rausgehen. Unsere ganzen Sachen sind nass."

Er schaute an sich herab und schüttelte den Kopf, doch ein Lächeln lag auf seinen Lippen.

„So, jetzt kann ich wieder besser denken", sagte Sharj, schaute zu Monas Federn und sah, dass diese immer noch zum Geist gebogen waren. Der Geist hing an den Federn, wohin sie auch gingen.

„Vielleicht braucht er ja gar kein Öllämpchen", vermutete Sharj.

„Doch bestimmt", erwiderte Mona. „Bestimmt hofft er, dass wir seine Lampe finden."

„Der Meinung bin ich auch", sagte José. „Vielleicht befindet sich das Gefäß in diesem See."

Ohne eine Antwort abzuwarten, setzte José

seine Fliegerbrille auf und sprang zurück in den See und tauchte unter. Die Mädchen schauten ihm hinterher. Sie hatten hier keine Angst, dass José verloren gehen würde.

Aufgeregt kam José zurück.

„Sie ist im See – die Lampe! Sie liegt auf dem Grund. Aber es ist ziemlich tief und dort sind Pflanzen. Ihr müsst mir helfen!"

„Mitten im See, sagst du?", fragte Sharj. „Wie konntest du das so genau erkennen?"

„Nun, ich hab es glänzen sehen. Ich weiß doch, wie ein Öllämpchen aussieht und das Wasser ist klar, die Sicht ziemlich gut."

„Ich weiß nicht", sagte Mona.

„Habt ihr eigentlich noch nicht darüber nachgedacht, wer uns eingesperrt hat?"

„Hm", zuckte Sharj, „denkst du wirklich, uns hat jemand absichtlich eingeschlossen?"

José lief nochmal zum Ausgang zurück.

„Das scheint wirklich frischer Mörtel zu sein", sagte er. „Mona könnte recht haben. Irgendjemand will nicht, dass wir hier sind."

„Sampa!", riefen die beiden Mädchen.

„Vielleicht ist er hier in der Nähe und versteckt sich.“

„Hm“, sagte José, „oder es gibt eine Abkürzung in das Land der Wegel. Wenn er tatsächlich hier war, kann der Weg nicht weit sein.“

„Schau doch mal auf deine Karte“, schlug Sharj vor.

„Tja, leider zeigt die nur dieses Gebiet.“

„Die andere Karte!“

„Ach ja, die andere Karte. Du meinst die von Sampa?“ Josés Mundwinkel zuckten ärgerlich und er faltete diese Karte auseinander.

„Mal schauen.“ Er grübelte.

„Es ist nicht weit. Er hat ja versucht, uns direkt hierher zu schicken. Also musste er vor uns am See sein können.“

„Stimmt! Dann hat er den Geist in der Höhle versteckt und dessen Lampe einfach in den See geworfen. Er hat gar nicht damit gerechnet, dass wir bis in die Höhle vordringen – oder er wollte uns einsperren.“

„Eins von beiden“, erwiderte José. „Entweder wollte er verhindern, dass wir reinkommen oder er wollte nicht, dass wir rauskommen."

„Aber wenn er jetzt erst hier war,", wandte Sharj ein, „muss er doch gesehen haben, dass die Öllampe noch im See liegt. Vielleicht weiß er, dass wir gar nicht in die von ihm empfohlene Richtung gegangen sind."

„Wie auch immer. Wir müssen weitermachen", sagte José. „Helft ihr mir?"

Die Mädels nickten und Lola bellte.

„Du bist ein treuer Hund, Lola." José streichelte ihr über den Kopf. „Seid ihr bereit?"

Ein kurzes Nicken.

„Gut, dann zurück ins Wasser."

Und gemeinsam tauchten sie. José führte die Gruppe an. Er zeigte dorthin, wo die Schlingpflanzen wuchsen. Tatsächlich! Am Grund blinkte etwas. Bevor sie die Pflanzen erreichten, deutete Sharj mit dem Daumen nach oben und schwamm an die Oberfläche, wo sie nach Luft schnappte.

„Ich … kann nicht … so lange … unter Wasser bleiben."

„Ich auch nicht", japste Mona, die neben ihr aufgetaucht war.

Nur Lola tauchte auf, als wenn nichts wäre.

Dann sahen sie José, der wütend auf sie zu kraulte.

„Wo bleibt ihr denn?“

„Ich hatte keine Luft mehr“, sagte Sharj und Mona nickte.

„Wir sind doch gar nicht weit getaucht.“

„Ja, aber irgendwie …“

„Okay, jetzt sind wir näher dran. Holt nochmal Luft und schnell runter. Wir können uns an den Pflanzen nach unten ziehen“, sagte José.

„Seid ihr bereit?“

Wieder nickten die Mädchen, holten erneut tief Luft und tauchten ab. Sie schwammen direkt auf das Glitzern zu. Eine dichte Wiese aus Wasserpflanzen. José würde es nie alleine schaffen, die Öllampe da herauszusuchen. Es war gut, dass sie dabei waren, dachte Sharj. Sie sah, wie José sich am dünnen Stiel einer Schlingpflanze nach unten zog. Sie tat das gleiche und auch Mona machte es ihnen nach. Nur Lola sank ohne Anstrengung wie ein Stein.

Immer wieder verloren sie die Öllampe durch die hin und herwogenden Pflanzen aus dem Blick. Doch sie ließen sich davon nicht beirren. Am Grund angekommen, streckte José die Hand nach der Öllampe aus. Doch die war plötzlich nicht mehr zu sehen. Sharj versuchte es von der anderen Seite der Pflanzen. Sie streckte die Hand aus und die Lampe verschwand erneut.

Mona hielt das für eine optische Täuschung. Die Lampe musste dort sein. Sie versuchte, sich von einer anderen Stelle an die Öllampe heranzupirschen. Doch auch sie griff ins Leere.

Lola machte das Maul auf und schnappte nach den Pflanzen. Sie schluckte Wasser und trieb ein bisschen nach oben. Doch das schien ihr nichts auszumachen – wie ein wütender Stier kam sie zurück und buddelte an den Wurzeln der Pflanzen.

Plötzlich erklang ein Poltern vom Grund und die vorher noch filigranen Pflanzen wurden kräftiger. Ihre feinen Stiele wurden zu Seilen und umschlangen die vier. José und Mona gerieten in Panik und wehrten sich, doch je mehr sie sich bewegten, umso enger wurden die Schlingen.

Sharj schloss die Augen. Sie versuchte Ruhe zu bewahren, doch es gelang ihr nicht. Das Wasser unter ihr blubberte und sie wurde im zuvor stillen See herumgewirbelt Als sie die Augen öffnete, sah sie Lola. Der Wo hatte den Stiel der ihn umklammernden Pflanze durchgebissen und schwamm auf José zu, um ihm zu helfen. Bevor den Mädchen die Luft ausging, wurden Mona von José und Sharj von Lola befreit. Sofort steigen sie zur Wasseroberfläche auf und blickten sie nach unten. Das Glitzern war nicht mehr zu sehen.

In diesem Moment wurde das Blubbern stärker und der Grund des Sees raste ihnen entgegen. Ein Teil des Bodens erhob sich wie eine Säule weit über den See hinaus. Der Boden, auf dem sie standen. Aus schwindelerregender Höhe sahen die vier den See unter sich.

Mona schrie: „Bitte sagt mir, dass es ein Traum ist!"

Kaum merklich schüttelte Sharj den Kopf.

„Ich wünschte, es wäre einer", erwiderte José.

Dicht aneinandergedrängt standen sie auf der Säule. Ein Schritt nach vorne und sie würden fallen. Selbst Lola zitterte. Keiner traute sich, auch nur eine flüchtige Bewegung zu machen.

„Lasst uns Rücken an Rücken stehen!"

Und so drängten sie sich zusammen und nahmen Lola in die Mitte.

„Ist der Geist noch da?", fragte Mona.

José blickte auf ihre Feder und tatsächlich, etwas rechts neben Mona schwebte diese fast durchsichtige Wolke.

„Ja, er ist noch da."

„Wenn wir nicht bald sein Gefäß finden", sagte Sharj, „ist vielleicht alles umsonst gewesen."

„Es ist wie verhext", sagte José. „Ich hab das Öllämpchen doch zwischen den Schlingpflanzen gesehen."

„Du meinst wohl eher Schlingseile!", verbesserte ihn Sharj.

„Wenn Lola nicht gewesen wäre, würden wir unten auf dem Grund des Sees treiben. Ertrunken."

„Danke, Lola." Mona beugte sich herunter

und strich ihr über den Rücken.

Lola erwiderte den Dank, indem sie Monas Wade ableckte.

„Das kitzelt.“ Mona lachte.

„Was kitzelt?“, fragte José.

„Lola hat mich gerade abgeschlabbert.

Ist euch schon mal irgendwas Schlimmes bei euren Reisen passiert?“

„Ja, als ich ein Drache war, hat man versucht, mich umzubringen.“

„Oh ja, und mich wollten sie einmal opfern … als ich bei den Vampiren war … und mein Blut trinken“, erwiderte Sharj.

„Und auf der letzten Reise war ich ein Roboter. Stell dir das mal vor – es war einfach furchtbar“, schloss Sharj ihre Erzählung.

„Aber es ist doch nie etwas richtig passiert. Ich meine, ihr seid nie gestorben, oder?“

„Nein“, erwiderten beide.

„Dann können wir vielleicht nicht sterben, wenn wir in einer anderen Welt sind“, überlegte Mona.

„Sonst wären wir auch in unserer Welt tot“, folgerte José.

„Das wäre natürlich möglich“, sagte Mona,

„aber ich glaube das nicht."

„Habt ihr Angst?", fragte sie.

„Hm, wenn ich ehrlich bin – ein bisschen", sagte Sharj.

„Und du, José?"

„Nein, ich hab keine Angst! Lola, du?"

Ein kräftiges Bellen war die Antwort.

„Sharj, komm schon. Schlimmer, als von Vampiren gefressen zu werden oder dass du dich wieder in einen Roboter verwandelst, kann es wohl nicht werden", tröstete Mona sie laut lachend, so dass auch Sharj sich ein Grinsen nicht verkneifen konnte.

„Wisst ihr was", sagte Mona, „als ich noch dachte, ich würde träumen, da bin ich vom Schiff gesprungen. Und der Geist hat mich aufgefangen. Jetzt haben wir auch einen Geist dabei. Also – lasst uns springen."

Sharj zuckte instinktiv zurück.

„N-e-i-n!"

„Doch", sagte José, „Mona hat recht. Lasst uns springen."

„Alle bereit?", fragte Mona.

„Stopp, einen Moment noch! José, Mona, habt ihr wirklich keine Angst?"

„Nein“, sagte Mona. „Ich bin schon mal gesprungen. Lola, was ist mit dir?“

Lola bellte wieder.

„Hm, na, wenn ihr keine Angst habt, dann habe ich auch keine Angst.“

„Gut“, sagte José, „ich zähle bis drei. Dann springen wir. Da unten ist nur Wasser … es wird schon nicht so schlimm werden!“

Die Mädchen nickten, fassten sich an den Händen, machten die Augen zu und José zählte: „Eins – zwei – drei!“

Sie sprangen – aber sie fielen nicht. Als sie die Augen öffneten, saßen sie am Rande des Ufers. Die Plattform über dem See war verschwunden.

José bemerkte etwas in seiner Hand. Er streckte es den anderen entgegen.

„Schaut mal! Eine Öllampe!“

„Das war eine Illusion“, erkannte Sharj.

„Oder eine Prüfung“, rief Mona.

„Offensichtlich. Geist!“, rief José. „Wir haben dein Lämpchen!“.

Er hielt es vor den Geist, der immer noch Monas Federn folgte. Doch der Nebel bewegte sich nicht.

„Lasst uns den Rückweg suchen."

„Ich würde vorschlagen, wir nehmen denselben Weg, den wir gekommen sind", sagte Sharj.

„Das geht nicht", erwiderte José. „Wie sollen wir diesen Brunnenschacht hochkommen?"

„An dem Seil", erwiderte Mona.

„Entschuldigt, wenn ich euch unterbreche,", sagte Sharj, „aber habt ihr nicht vergessen, dass wir dort nicht mehr rauskamen? Der Eingang in der ersten Grotte war verschlossen."

„Ach, das habe ich doch glatt vergessen", erwiderte José.

„Ich auch", wunderte sich Mona.

„Wir müssen einen anderen Weg finden."

„Aber wie denn?", sagte Mona.

„Die Karte!" José zog sie erneut aus seiner Hosentasche.

„Die beiden Seen liegen nebeneinander. Wir waren hier am Schluchzsee und da …" Er zeigte auf die Karte, „da ungefähr müsste das Schiff liegen, mit dem wir gekommen sind.“

„Du meinst das Luftschiff?“, fragte Sharj.

„Ja. Wenn mich nicht alles täuscht, dann müssen wir hier entlang gehen.“

José lief voran, den beiden Mädchen blieb nichts anderes übrig, als ihm zu folgen. Am liebsten hätte sich Sharj noch mal in dem kristallklaren Wasser abgekühlt. Aber sie wusste, dass dafür keine Zeit war.

José glich den Weg ständig mit der Karte ab und blieb plötzlich stehen. Ungläubig schaute er nach vorn, auf die Karte und wieder nach vorne.

„Seht mal“, deutete er auf die Karte.

„Was ist?“, fragte Sharj und blickte ihm über die Schulter.

„Der See. Hier müsste der Schluchzsee sein. Er ist weg!“

Mona schaute in die Richtung, in die er wies Dort war nichts weiter als Sand, so wie auf ihrem Weg zu den Suhais. Sand, soweit das Auge reichte.

„Ist das wieder eine Illusion?“, fragte sie.

„Vielleicht träumen wir ja doch.“

„Puh, wie sollen wir uns jetzt orientieren?“,

sagte José. „Der See war zu unserer Rechten. Wir müssen weiter geradeaus laufen."

„Ist der andere See noch auf der Karte?", fragte Sharj.

„Ja, hier ist er."

„Gut José, ich glaube, du hast recht. Lasst uns geradeaus laufen", sagte Sharj.

Sie liefen weiter und – fielen ins bodenlose! Doch sie landeten weich und fanden sich in einem Tunnel wieder. Als sie nach oben schauten, rieselte noch etwas Sand aus einem Loch zu ihnen herab.

„Hat sich jemand weh getan?", fragte Sharj.

„Nein", sagte José und stand auf.

Mona schüttelte den Kopf und klopfte sich den Sand von ihren Kleidern. Sie hörten Lolas fröhliches Bellen, das von weiter weg kam.

„Lola, renn nicht weg!" Sharj lief ihr hinterher.

„Ähm ...", sagte José, „ich brauche wohl nicht mehr zu fragen ob wir versuchen, hier rauszukommen?"

„Wohl nicht", rief Sharj schon von weiter

vorne. „Lola kennt den Weg."

Den beiden anderen blieb nichts anderes übrig, als zu folgen.

„Mensch, schade, dass ich kein Handy für ein Foto dabeihabe", staunte Mona und drehte sich um ihre Achse. „Das ist ja wunderschön hier, wie in einem alten Tempel."

„Hm", sagte José, „eher wie in einer alten Pyramide. Schaut mal!"

Rechts und links neben ihnen waren Schriftzeichen in den Wänden eingeritzt, wie ägyptische Hieroglyphen. Sharj lachte – alles wahrscheinlich wieder nur eine Illusion und trotzdem berührte ihre Hand die Steinwand, um das Relief anzufassen.

„Fühlt sich aber echt an", sagte sie. „Ist das auf deiner Karte eingezeichnet", fragte Sharj. José schaute sich die Karte nochmal genauer an.

„Tatsächlich, da sind ganz blasse Linien auf der Karte. Dass mir das noch nicht aufgefallen ist. Sieht aus wie ein verzweigtes Tunnelsystem."

Lola bellte wieder. Stimmt, sie hatten keine

Zeit, sich aufzuhalten und folgten der vorauseilenden Lola.

José konnte schon gar nicht mehr zählen, um wie viele Ecken sie mittlerweile gelaufen waren. Es war wie in einem Labyrinth und rechts und links waren immer diese wunderschönen Schriftzeichen eingraviert, wie er sie im Fernsehen in ägyptischen Pyramiden schon mal gesehen hatte.

Dann erreichten sie einen runden Raum mit Bergen von funkelnden Edelsteinen, Goldmünzen, Perlen und goldenen Kronen von bestimmt längst vergangenen Königen. Ein richtiger Schatz!

„Wow!“, sagte Mona und blieb wie angewurzelt stehen.

Sie konnte sich von dem Anblick gar nicht losreißen und überlegte, ob sie das eine oder andere Stück mitnehmen könnte. Vielleicht würde ihr Vater das Erbe von Sharj nicht mehr brauchen, wenn sie ihm genug von diesem Schatz mitbringen könnte.

José und Sharj hatten nie etwas aus einer anderen Welt mitgenommen, außer den Kompassen, die ihnen König Sloma geschenkt hatte. Und auch jetzt übte dieser Schatz keinerlei Reiz auf sie aus.

Als Mona ihre Hand nach einem der funkelnden Diamanten ausstreckte, spürte sie einen stechenden Schmerz in ihrem Kopf. Es fühlte sich an, als wenn sich ihre Federn direkt in ihr Gehirn bohren wollten. Sie zog die Hand wieder zurück und der Schmerz ließ nach. Sie rang mit sich selbst. Sollte sie das Wagnis eingehen und es erneut versuchen? Vielleicht mit einem kleineren Stein? Den würde bei der Menge doch niemand vermissen und ihre Hand bewegte sich fast wie von selbst in Richtung eines strahlenden Rubins. Blutrot lag er da. Ihre Finger kamen ihm näher und näher …

Dann hörte sie einen Schrei. Sharj! Sie war hingefallen und ihr Knie blutete. Sharjs Blut hatte dieselbe Farbe wie der Rubin. Mona zog ihre Hand zurück und eilte zu ihrer Freundin, riss sich einen Stofffetzen vom Kleid und verband das blutende Knie. Dann schloss sie die Augen und atmete tief durch.

Als sie ihre Augen wieder öffnete, nahm sie José und Sharj bei der Hand, würdigte die wertvollen Juwelen keines Blickes mehr und rief Lola zu: „Lauf, führ uns heraus!“

So merkwürdig sie in diese Tunnelgänge hineingeraten waren, so schnell entkamen sie ihnen auch wieder. Wie durch einen Zauber standen sie vor ihrem Segelboot mit den zwei Masten. Die beiden Geister hatten sie schon erwartet und das Luftschiff sichtbar gemacht.

„Wir haben es geschafft“, rief José. „Wir sind da!“

Kapitel 20

Reise zu den Wegels

Die Geister verbargen den Zweimaster, nachdem die vier ihn betreten hatten.

„Habt ihr den Geist der Gegenwart gefunden?“, fragten sie die Freunde.

José erzählte, was sich zugetragen hatte. Dabei ließ er kein Detail aus. Am Ende zeigte er stolz auf den Nebel, der immer noch Monas Federn folgte.

„Und hier ist euer Freund! Der Geist der Gegenwart!“

Beide Windgeister waren einen Augenblick sprachlos, dann räusperte sich der Geist der Zukunft. „Also – das ist er nicht.“

Nun sprach auch der Geist der Vergangenheit: „Nein, ganz und gar nicht.“

„Aber was ist es dann?“, fragte Mona. „Es folgte meinen Zauberfedern.“

„Das ist eine Seele, eine menschliche Seele.“

„Das sehe ich auch so“, bestätigte der Geist der Zukunft. „Und ich glaube, sie stirbt.“

„Was?“, mischte sich Sharj ein.

„Wieso? Ihr müsst ihr helfen!“

„Zuerst wollen wir unseren Freund sehen. Du sprachst von einer Lampe, José! Wo ist sie?“

„Hier.“

Josés Hand zitterte, und er streckte den Geistern das Öllämpchen entgegen. Die Geister wirbelten darum herum, bis sich ein feiner weißer Rauch zeigte. Der Rauch wurde dichter, größer und ein Windgeist erschien.

„Ich dachte, ihr findet mich nie“, sagte der Geist.

„Du bist der Geist der Gegenwart, der Windgeist der Nostren?“, fragte José.

„In Person!“

„Warum hast du dich nicht früher gezeigt?“, fragte Sharj.

„Das kann ich euch erklären. Es lag zu viel Gier in euren Augen.“

„Gier? Was meinst du damit?“, fragte José ganz erstaunt.

„Die Schatzkammer. Habt ihr da nicht überlegt, das ein oder andere Stück mitzunehmen?“

„Nein!“, antworteten Sharj und José wie

aus einem Mund. Mona sagte nichts und hielt den Blick gesenkt. Ihre Lippen bebten.

„Doch, ich dachte daran. Ich wollte einen Diamanten für meinem Vater mitnehmen, aber da bohrten sich die Federn in meinen Kopf und stachen mich. Dann sah ich den kleinen Rubin. Ich denke, niemand hätte ihn vermisst. Als dann jedoch Sharj hinfiel und blutete, wusste ich, dass dies meine Schuld war. Meine Gedanken hatten das verursacht. Und so habe ich alles liegenlassen."

„Warum wolltest du etwas mitnehmen?", fragte der Geist der Vergangenheit.

„Ihr habt uns doch die Pläne meines Vaters gezeigt und ich wollte Sharj retten. Sie ist meine Freundin und noch viel mehr. Sie ist meine Schwester. Ich möchte sie nicht verlieren und alles tun, damit wir zusammenbleiben können."

„Das ehrt dich", sagte der Geist der Zukunft.

„Muss ich auch sagen", stimmte der Geist der Vergangenheit zu. Der Geist der Gegenwart umkreiste Mona zögerlich. Sie spürte einen kalten Luftzug, doch Mona sperrte sich nicht dagegen. Sie wollte, dass der Geist die Wahrheit erkennt. Als sie fröstelte, ließ er von ihr ab.

„Ihr sprecht die Wahrheit. Ich wollte euch durch die Illusionen prüfen. Jetzt weiß ich, dass ich euch trauen kann."

„Fehlt nur noch der Geist der Erkenntnis. Weißt du, wo er ist?"

„Bei Sampa!" Er sprach den Namen voller Verachtung aus.

„Aber was ist jetzt mit dieser Seele? Was machen wir mit ihr?", fragte Sharj voller Mitgefühl.

„Solange die Seele Mona folgt, lebt sie noch", sagte der Geist der Gegenwart, „und irgendwie habe ich das Gefühl, dass wir diese Lösung auch bei Sampa finden."

„Wenn wir segeln, könnte es für die arme Seele an Deck zu kalt werden", sagte der Geist der Gegenwart.

„Wir sollten ein Luftschiff holen und damit weiterreisen. Darauf ist die Seele sicherer."

„Ein Luftschiff?", fragte Mona und ihre

Augen wurden groß.

„Die Nostren besitzen Luftschiffe. Lasst uns diesen Segler in den nächsten Hafen bringen."

Behutsam stiegen sie mit dem Zweimaster auf, aber nicht sehr hoch, denn schon bald mussten sie wieder landen. Sie setzten neben einem prächtigen Luftschiff auf. Vor Staunen sperrten die Kinder den Mund auf.

„Das sieht ja aus wie ein riesiger Zeppelin!", rief José

„Fantastisch!", sagte Sharj.

„Nun kommt!", trieben die Geister zur Eile an. Nur Lola war schon vorausgelaufen.

Das Luftschiff war aus bronzefarbenem Stahl, schimmerte in der Sonne jedoch fast golden. Die Geister schoben eine Treppe unter den Einstieg und öffneten eine Tür in den Bauch des luxuriösen Gefährts. Der Boden des Luftschiffes schien aus klarem Glas, bequeme Sessel waren kreisförmig in Gruppen aufgestellt.

Im mittleren Bereich befand sich der Laderaum, durch einen bunten Vorhang vom Passagierbereich abgeteilt. Darin standen

Regale, an denen Gurte zur Befestigung von Gütern hingen.

Vor dem Laderaum war das Cockpit mit der Technik untergebracht. Hier gab es viele Knöpfe und Schalter, die Sharj mit Wehmut betrachtete, denn sie erinnerten sie an die Reisen mit ihrem Vater.

Mona ließ sich in einen der bequemen Sessel nieder und redete auf die Seele ein. Von weitem sah es so aus, als wolle sie diese beschwören. Doch als Sharj und José näherkamen, sahen sie, dass Mona Tränen in den Augen hatte.

„Wenn sie stirbt, was tun wir dann?“

Sharj umfasste Monas Hand und drückte sie leicht. „Das wird bestimmt nicht passieren.“

Es gab ein leichtes Rucken, das gigantische Luftschiff hob ab. Auf dem Boden unter ihnen wurde alles ganz klein, bis sie nichts mehr erkennen konnten, nur noch einzelne Wolken.

Lola war direkt in einen Sessel gesprungen, als sie hineinkamen. Dieser Glasboden war ihr unheimlich. Sie schlief schnell ein und schnarchte leise vor sich hin, bis der Geist der Gegenwart laut „Ihr habt mich gerettet!“ rief und spiralförmig durch den Raum fegte.

„Zur Belohnung werde ich euch die Gegenwart zeigen!“

Ohne ihre Zustimmung abzuwarten, projizierte er einen Film wie auf eine Leinwand. Sie kannten das Ganze schon. Jeder Anwesende konnte zusehen.

Josés sah seine Eltern so nah und lebensecht, dass er seine Hand ausstreckte, weil er dachte, sie berühren zu können.

Maria unterhielt sich mit ihrem Mann.

„Ob die Kinder sich amüsieren? Ob sie gut angekommen sind?“

Pablo lachte.

„Mach dir keine Sorgen, Maria. José ist den Weg schon hundertmal gefahren und wir waren doch erst vorgestern beim Grillplatz.“

„Und Lola?“

„Na, da mache ich mir höchstens Sorgen, dass sie zu viel frisst“, erwiderte Pablo und zwinkerte seiner Frau zu.

„Wir müssen den Jungen gehen lassen. Er braucht seinen Freiraum und muss seinen eigenen Weg finden."

„Ach Pablo, er ist noch so jung."

Und wieder lachte Josés Vater herzlich.

„Maria, ich weiß, aber er wird langsam erwachsen."

„Meinst du, er und Sharj sind ein Paar?", fragte Maria gespannt.

„Mich würde es nicht wundern. Schließlich ist sie ein sehr hübsches Mädchen. Aber ihre Schwester Mona ist auch sehr ansehnlich und umgänglich."

„Das stimmt, aber ich glaube, José hat sich in Sharj verliebt. Schon damals, als sie hier übernachtet hat. Er war ganz aufgeregt."

Josés Vater lachte.

„Wir werden es sehen, Maria. Und jetzt lass uns die Zeit ohne die Kinder ein bisschen genießen. Komm, den Abwasch kannst du später machen. Wir gehen in den Garten."

„Gute Idee!"

Maria lachte, warf das Küchenhandtuch in die Spüle, wischte sich die Hände an ihrer

Schürze ab und hakte sich bei ihrem Mann unter.

José war das Ganze peinlich. Er war rot geworden und schaute verstohlen zu Sharj. Vielleicht sollte er etwas sagen? Aber da erschien schon die nächste Szene.

Eine ihnen unbekannte Frau mit kurzen dunklen Haaren, etwas mollig, saß an einem Tisch. Vor ihr stand eine Polizeibeamtin.

„Sally, ich darf sie doch Sally nennen?“

Die Frau nickte.

„Sie haben diesen Brief hinter einem Bild gefunden?“

Wieder nickte Sally.

„Er ist von Tante Lilli. Sie wollte mich warnen – vor Otto.“

„Nun, die Kollegen sind schon auf dem Grundstück und graben dort. Wenn sie die Überreste finden, dann werden wir Otto Meyer festnehmen müssen.“

Die Beamtin ging hinaus. Sally umklammerte die Tischkante und weinte. Draußen besprach sich die Beamtin mit zwei weiteren

Kollegen.

Als der Name ihres Vaters fiel, schluchzte Mona laut auf und Sharj schluckte schwer. Wie gebannt starrten die beiden Mädchen auf die Vision.

Ein Mann näherte sich den Polizisten.

„Doktor Krüger!“, rief die Beamtin, „kommen Sie doch gleich mit!“

Zusammen gingen sie in ein anderes Vernehmungszimmer.

„Nehmen Sie doch bitte Platz. Möchten Sie etwas trinken?“

Doktor Krüger schüttelte den Kopf.

„Nun erzählen Sie mir doch noch einmal genau, was Sie meinen Kollegen schon gesagt haben.“

„Es ist so“, begann er, „wir haben den Auftrag bekommen, eine DNS-Spur aus einem alten Fall zu überprüfen.“

„Ja, ich weiß“, erwiderte die Beamtin.

„Es war im Sommer“, holte Doktor Krüger umständlich aus, „Meine Tochter Tina und ihre beste Freundin Mona Meyer verbrachten den Urlaub zusammen in einem Feriencamp und ich fuhr sie dorthin. Auf dem Weg hatte ich im Krankenhaus noch kurz etwas zu erledigen und so nahm ich die Mädchen mit in die Pathologie."

„In die Pathologie?", fragte die Beamtin skeptisch.

„Nun ja, in unser Labor. Dort stehen viele Mikroskope. Die Mädchen wollten wissen, wie die funktionieren und so zeigte ich ihnen an einem älteren, nicht mehr benötigten Mikroskop, wie Haare in der Vergrößerung aussehen. Ich habe dann nicht weiter darauf geachtet, was sie taten, aber inzwischen bin ich der Meinung, dass Mona eine ihrer Haarwurzeln auf den Träger gelegt haben muss."

„Was hat sie zu dieser Annahme veranlasst?"

„In der Versuchsreihe für den DNS-Test wollten meine Mitarbeiter eine Gegenprobe machen. Da dieses Haar vom Objektträger zur Verfügung stand, haben sie es einfach mit in den Test einbezogen. Eigentlich sollte die Probe negativ sein, aber das Gegenteil war der Fall. Wir hatten ein passendes DNS-

Paar.

Sie können sich vorstellen, dass ich sehr durcheinander war. Denn ich wusste, dass die Mädchen dort ihre Haare untersucht hatten. Ich musste wissen, ob dieses Haar von meiner Tochter war. Also fuhr ich in das Feriencamp und erzählte dort, dass wir gerade freiwillige Genanalysen zu Forschungszwecken machen. Der Pfarrer fand das spannend und erklärte sich bereit, mitzumachen und andere Mitarbeiter auch. Es gab tatsächlich zwei übereinstimmende Profile. Die Proben waren natürlich verschlüsselt und das Ergebnis liegt nur Ihren Kollegen vor. Das ist alles, was ich weiß", schloss er.

Die Beamtin faltete einen Zettel auseinander.

„Ich kann Ihnen bestätigen, Herr Doktor Krüger, dass Ihre Tochter nicht betroffen ist. Wie sie richtig vermuteten, ist es das andere Mädchen, Mona Meyer."

„Die andere Person ist ein Pfarrer …"

„… namens Hannes", vervollständigte Doktor Krüger den Satz.

„Genau, Hannes", bestätigte die Beamtin.

Herr Krüger war aufgeregt.

„Aber wie kann das sein?“

„Das müssen wir ermitteln“, sagte die Beamtin. Es klopfte an der Tür des Vernehmungszimmers. Ein Polizist steckte den Kopf hinein.

„Könnten sie bitte kurz nach draußen kommen?“

„Diese Sally hatte recht“, sagte der Kollege ihr auf dem Flur, „alles, was in dem Brief steht, stimmt!“

Die Beamtin riss die Augen auf.

„Oh, mein Gott“, sagte sie leise.

Mona und Sharj, die aus dem Gesehenen nicht schlau wurden, fragten: „Was soll das alles? Was zeigst du uns da, Geist?“

Doch statt einer Antwort startete eine neue Szene.

Claudia saß am Küchentisch und weinte. Um sie herum standen zahlreiche Polizisten.

„Mama“, schluchzte Mona.

Sharj drückte ihre Hand.

Eine Beamtin versuchte, sie zu beruhigen. Claudia schaute in den Garten. Er war mit roten Bändern abgesperrt, das Erdreich war umgegraben worden. Überall lag Werkzeug herum. Otto brüllte.

„Lassen sie mich los! Auf der Stelle! Wissen sie nicht, mit wem sie es zu tun haben?“

Die Polizisten ließen sich von ihm nicht beeindrucken. Sie legten ihm Handschellen an und führten ihn ab. Claudia schluchzte.

„Es tut mir so leid“, sagte sie zu der Beamtin.

„Es ist alles gut. Wir danken Ihnen für Ihre Mithilfe. Ihnen wird nichts geschehen. Haben Sie jemanden, wo Sie hingehen können?“

„Ich, ich muss auf Mona und Sharj warten. Die zwei sind auf einer Geburtstagsfeier.“

„Es ist besser, wenn Sie die beiden erstmal nicht sehen“, sagte die Beamtin. Ihre Stimme duldete keinen Widerspruch. Claudia nickte.

“Darf ich den beiden einen Brief hinterlassen?“

„Selbstverständlich.“

Die Polizistin schob ihr einen Block und

einen Stift hin. Claudia begann zu schreiben.

Mona liefen Tränen über die Wangen. Zu gerne hätte sie gewusst, was ihre Mutter ihr aufschrieb. Aber sie konnte es nicht sehen.

Wieder wechselte die Szene.

Claudia betrat mit der Beamtin das Polizeigebäude. Zusammen gingen sie in einen Vernehmungsraum, in dem Sally wartete. Die Freundin schaute Claudia an. Sie fielen sich um den Hals.

„Oh Claudia!"

„Es ist so schön, dich zu sehen. Danke, dass du mir Mut gemacht hast. Ohne dich hätte ich das alles nicht geschafft."

Sally lächelte ihre Freundin an.

„Das hättest du! Du hättest das auch ohne mich geschafft, dessen bin ich mir sicher!"

„Ach Sally", schluchzte sie. „Ich fühle mich so schuldig."

„Nein, Claudia. Du musst dich nicht schuldig fühlen. Du hast mit alledem nichts zu tun."

Claudia schluckte.

„Und zuerst einmal wirst du bei mir wohnen, damit du Abstand gewinnst."

„Ich verstehe es einfach nicht", schluchzte Claudia, „mein Kind tot im Garten? Wie konnte Otto das nur tun? Ich war mit einem Mörder zusammen und ich wäre auch fast zur Mörderin geworden!"

„Bist du aber nicht. Und das ist alles, was zählt.", sagte Sally und nahm ihre Hände.

„Aber … Tante Lilli ist tot."

„Ihr habt sie nicht umgebracht. Lilli ist eines natürlichen Todes gestorben."

„Bist du sicher? Es war das Parfüm!"

„Wir haben das Parfüm untersuchen lassen", erwiderte die Beamtin, die sich neben die beiden gestellt hatte. „Es war nur Wasser."

„Doch nur, weil ich es ausgeschüttet habe", beharrte Claudia.

„Im Sprühkopf war auch nur Wasser. Es hätten Spuren von Gift da sein müssen. Aber es gab keine Rückstände. Da war immer nur Wasser. Sie haben niemanden umgebracht!"

„Aber…" Claudias Lippen zitterten.

Sally sagte: „Du hast richtig gehandelt.

Mach dir keine Vorwürfe."

„Ich habe solche Angst, dass ich jetzt auch noch Mona verliere. Ich bin doch ihre Mutter."

„Nun, biologisch gesehen sind Sie das nicht", sagte die Beamtin, „aber Mona kennt keine andere Mutter und ich glaube, dass Ihre Tochter sie liebt. Aber sie muss zuerst zu ihrer leiblichen Familie."

„Oh, mein Gott!"

Claudia wurde schwindelig. Die Polizistin und Sally fassten sie rasch unter den Armen, und setzten sie behutsam auf einen Stuhl.

„Ich werde die Psychologin rufen", sagte die Beamtin. Sally nickte und streichelte Claudia zärtlich übers Haar.

Mona schrie hysterisch: „Das ist alles nicht wahr. Das ist eine Illusion. Eine Lüge! Das kann nicht wahr sein! Sharj, José, Lola!"

Die Freunde umarmten sie und versuchten zu trösten.

„Du!", schrie Sharj und blitzte den Geist erbost an.

„Du hast uns schon oft genug getäuscht.

Wie können wir sicher sein, dass das hier echt ist?"

„Es ist wahr, ich spaße nicht mit solchen Geschichten. Mir wäre es auch lieber, ich könnte euch etwas anderes zeigen. Aber das ist genau das, was sich in eurer Welt gerade abspielt", erwiderte der Geist.

„Hast du gehört, Sharj? Ich darf nicht zu Mama und soll zu irgendwelchen Verwandten. Vorhin sprachen sie von Hannes. Vielleicht hat der irgendetwas damit zu tun. Wenn ich nur mit ihm reden könnte", schluchzte Mona, „ihm könnte ich vertrauen."

„Mona! Deine Federn!", sagte José.

Eine Feder stand aufrecht, nur die andere war noch leicht gebogen. Sie schauten auf die schwebende Seele.

„Um Himmels willen. Sie stirbt", sagte Sharj.

Mona schluchzte noch lauter.

„Mein Leben ist kaputt. Diese arme Seele wird immer schwächer und wir können nichts tun, gar nichts!"

José ballte seine Hände zu Fäusten.

„Doch! Wir werden diese Seele retten und dein Leben Mona, das wird wieder in Ordnung kommen."

„So ist es", stimmte Sharj zu, „ganz bestimmt."

Mona schaute Sharj aus verweinten Augen an.

„Aber, wenn ich zu meiner Familie muss, Sharj … Sharj, was wird dann mit dir?"

Erst in diesem Moment wurde sich Sharj bewusst, dass auch sie von den Geschehnissen betroffen war.

„Ich, ich weiß nicht, Mona. Vielleicht können wir zusammenbleiben."

Doch tief im Innern wusste sie es besser. Sie war nur das Pflegekind. Man würde sie ins Heim stecken oder zu einer anderen Familie bringen. Wahrscheinlich würde sie Mona nie wiedersehen.

Sie versuchte, diesen Gedanken zu verdrängen, als die Stimme des Geistes ertönte.

„Wollt ihr noch mehr sehen?"

Mona nickte.

Im Flur des Polizeipräsidiums redete ein

dicker Mann mit der Beamtin, die zuvor mit Claudia gesprochen hatte.

„Das ist der Pfarrer! Das ist Hannes!“, rief Mona.

„Ich möchte mit ihr reden“, drängte er, „außerdem bin ich Seelsorger.“

„Gut, dann gehen sie hinein“, sagte die Beamtin und führte Hannes zu Claudia und Sally. Hannes setzte sich neben Claudia und nahm ihre Hände.

„Hallo, ich bin der Onkel Ihrer Tochter.“

„Er ist mein Onkel!?“, schluchzte Mona und in ihrer Stimme schwang Hoffnung mit.

„Mona kann zu mir kommen. Ich werde alles tun, dass es ihr gut geht. Ich lebe in einem Pfarrhaus, aber ich kann sie aufnehmen. Ich bin ihr letzter Verwandter.“

Claudia nickte und schluchzte.

„Kann ich sie trotzdem weiter sehen? Ich m-möchte m-meine Tochter nicht ver-verlieren“, stotterte sie.

„Natürlich und wissen Sie was? Ich werde mit der Kirche sprechen. Meine Haushälterin ist unlängst in Rente gegangen. Die Stelle ist zwar schon ausgeschrieben, aber vielleicht können wir da noch etwas machen. Bleiben Sie erst einmal bei Sally wohnen und ich verspreche Ihnen, Sie werden Ihre Tochter wiedersehen und wenn ich persönlich jede Woche zu Sally fahren muss und Mona vorbeibringe. Machen Sie sich keine Sorgen."

„Nennen Sie mich bitte Claudia."

Hannes lächelte.

„Natürlich Claudia, schließlich bist du die Mutter meiner Nichte."

Er drückte ihre Hände und flüsterte Sally zu: „Kümmern Sie sich um sie. Alles wird gut."

Nach diesen Worten verließ er den Raum.

„Stopp!", rief Claudia.

„Sharj! Was ist mit Sharj? Mona und Sharj sind wie Schwestern. Man darf sie nicht trennen."

„Darüber habe ich auch schon nachgedacht. Sharj wird auch bei uns leben, wenn sie das möchte. Das Pfarrhaus kann etwas Leben gut gebrauchen."

„Wirklich?", Claudia lachte über das ganze, tränenverweinte Gesicht und fiel dem Pfarrer um den Hals.

„Das Jugendamt muss noch zustimmen."

„Ich hoffe, dass sie das tun!"

„Ich gebe mein Bestes", sagte der Pfarrer und ging hinaus.

Die Beamtin betrat erneut den Raum.

„Wir haben schon mit dem Jugendamt gesprochen. Die Entscheidung soll nächste Woche fallen und bis dahin kann Sharj auf jeden Fall bei Pfarrer Hannes wohnen."

Im Luftschiff streckten Sharj und Mona sich die Hände entgegen, weinten und umarmten sich. Sie waren froh, dass sie zusammenbleiben konnten. Auch, wenn es erst mal nur für kurze Zeit sein sollte.

„Meinst du, das Jugendamt stimmt zu?", fragte Sharj ängstlich und Mona nickte.

„Ganz bestimmt. Hannes wird dafür sorgen. Komisch, ich habe ihn von Anfang an gerngehabt und wusste nicht so richtig, was das war. Und jetzt weiß ich es; er ist mein Onkel.

Aber was ist mit Claudia? Wer ist meine Mutter?"

„Ich weiß es auch nicht", sagte Sharj. „Das ist alles sehr verwirrend."

Selbst José schüttelte ratlos mit dem Kopf. Lola bellte.

In der nächsten Szene saß Otto im Vernehmungszimmer – und sah richtig wütend aus.

„Was wollen Sie von mir?"

„Wir haben Überreste eines Neugeborenen in Ihrem Garten gefunden."

„Ja, und – es war unser Baby. Es war tot und ist dort begraben. Das ist doch nicht verboten."

„Ihre Frau hat also ein Kind bekommen."

„Ja, Mona!"

„Und das andere Kind? Wo ist die Geburtsurkunde?", fragte der Beamte.

„Es gibt keine! War ne Hausgeburt", blaffte Otto ihn an.

„Wissen Sie, wir haben hier einen Brief. Einen Brief Ihrer Tante Lilli."

„Bah, die war dement. Was soll die schon geschrieben haben?"

„Seit wann war denn Ihre Tante dement?"

„Ach, die letzten fünf Jahre."

„Gut, dann müssen wir den Brief ernst nehmen", sagte eine andere Beamtin, „denn er wurde vor zwölf Jahren aufgesetzt."

Otto schnaubte.

„Hier steht, dass Sie Ihr totes Kind im Garten vergraben haben, vor zwölf Jahren. Wenn mich nicht alles täuscht, dann soll Ihre Tochter Mona vor zwölf Jahren zur Welt gekommen sein, genau an diesem Tag."

Sie deutete auf das Datum.

„Das bedeutet gar nichts", schnaubte Otto.

„Sagt Ihnen der Name Tamara Siebert etwas?"

„Nie gehört!"

„So, also nie gehört? Wie kommt es dann, dass Ihre Mona als die Tochter von Tamara Siebert geboren wurde?"

„Mona ist meine Tochter und die von Claudia. Ich kenne keine Tamara Siebert. Das muss ein Irrtum sein!"

„Das ist kein Irrtum", sagte die Beamtin,

„die Genanalysen sind eindeutig. Außerdem haben wir Hinweise, dass Sie Ihre Tante vergiften wollten."

„Klar", grinste Otto, „ich habe die Alte umgebracht."

Die Beamten schauten ihn an: „Dürfen wir das als Geständnis verstehen?"

„Ich, ich hab nichts gesagt", stotterte er, „ich habe nur laut gedacht."

„Nun, vielleicht mit demselben Gift, das wir bei Tamara gefunden haben."

„Ähm, ähm", stammelte Otto.

Die Beamten bohrten weiter, redeten auf ihn ein. Irgendwann sackte Otto in sich zusammen. Er begann zu weinen wie ein kleines Kind.

„Es war wirklich eine Hausgeburt. Lilli war da. Sie half, das Kind auf die Welt zu bringen. Aber es war tot, unser Mädchen war tot. Meine Frau bekam von all dem nichts mit. Sie wurde ohnmächtig und ich bin ins Auto gestiegen und wollte einen Arzt holen. Unsere Telefonleitung funktionierte nicht. Ein Gewitter. Also wollte ich zum Krankenhaus fahren und da stand diese Anhalterin, hochschwanger. Ich sah meine Chance. Sie war so jung und, und … dann bekam sie ihr Baby, meine Mona.“

„Danach haben Sie sie vergiftet?“, fragte die Beamtin. Otto nickte.

„Wie kamen Sie an das Gift?“

„Ich war … wissen Sie, ich war mal Pharmareferent. Es kam von einem Freund aus Brasilien und sollte weiter verkauft werden an die Pharmaindustrie als Narkosemittel. Ich habe es benutzt, um diese Frau … es tut mir so leid. Ich hatte es nicht vor. Sie bekam ihr Kind in meinem Auto. Als ich sie mitnahm, setzten die Wehen ein. Und als ich das kleine Mädchen sah, da habe ich meine Chance erkannt. Nun, den Rest kennen Sie ja“, schluchzte Otto.

„Ja, den Rest kennen wir. Sie haben die Frau vergraben, das Kind mit nach Hause genommen, Ihr eigenes Baby vergraben und Ihre Frau das ganze Leben lang glauben lassen, sie zieht ihr eigenes Kind groß.“

Otto nickte.

„Dann versuchten Sie Jahre später mit demselben Gift Ihre Pflegetochter Sharj und

Ihre Patentante Lilli umzubringen."

Otto nickte.

„Aber offensichtlich hat Ihnen diesmal Ihr Bekannter aus Brasilien nur Wasser geschickt."

Otto schaute erstaunt.

„Aber, aber meine Tante, sie …"

„… ist eines natürlichen Todes gestorben", sagte der Polizist. „denn sonst hätten Sie noch einen Mord begangen."

„So ein Glück", sagte auch Otto, der offensichtlich zur Vernunft gekommen war.

„Wir werden Ihnen anrechnen, dass Sie kooperativ waren. Aber die Anklage wegen Mordes bleibt bestehen. Suchen Sie sich einen guten Anwalt", empfahl ihm der Beamte.

Die Polizisten ließen ihn sitzen und gingen hinaus.

Zurück blieb ein weinender und trotzdem leise fluchender Otto: „Wasser! Diesen Betrüger, den werde ich mir holen. Ich werde ihn mir vorknöpfen! Schickt der mir Wasser!"

Mona schaute entsetzt.

„Der wollte dich wirklich umbringen, Sharj."

„Ja, nur weiß er nicht, dass er tatsächlich Gift hatte. Danke Amur!" Sie tätschelte Lola über den Kopf.

Amur schickte ein Stoßgebet zum Himmel. Er versuchte, telepathisch mit seinem Ziehvater, König Sloma, Kontakt aufzunehmen. Er bat ihn darum, noch so lange bleiben zu dürfen, bis die Mission in Vintosa erledigt sei. Da nichts geschah und er immer noch in Lolas Körper steckte, nahm er dies als Zustimmung.

Die Vorstellung war zu Ende. Der Geist der Gegenwart wirbelte um sie herum.

„Das war alles, was ich euch zeigen konnte. Und jetzt sind wir auch schon im Westen angekommen. Wir haben beschlossen, unser Auftreten gut in Szene zu setzen. Wir möchten Sampa kalt erwischen. Deswegen landen wir mitten auf dem Marktplatz."

Die Kinder blickten nach unten. Der Boden kam näher, sie konnten die Häuser bereits erkennen. Und sie waren wieder dort, wo sie ihre Suche begonnen hatten – mitten im Dorf der Wegels.

Kapitel 21

Unerwartete Ereignisse

Im Dorf der Wegels herrschte große Aufregung – nicht nur wegen der Ankunft des Luftschiffes.

Der Abgesandte der Suhai hatte Sampa verfolgt und beobachtet, wie dieser mit seinem Luftbrett abhob. Aufgeregt war er zu den anderen gelaufen, um davon zu berichten. Sampas Vater war empört über das, was der Suhai erzählte. Aber mehr noch darüber, dass einer der Abgesandten seinen Sohn ausspioniert hatte.

„Wie konntet ihr euch das erlauben?", fragte er die Abgesandten. „Vertraut ihr unserer Familie so wenig?"

Der Abgesandte der Suhais verteidigte die Runde: „Ich bin alleine dafür verantwortlich. Mich machten deine Worte nachdenklich, alter Freund."

„Welche Worte?", fragte Sampas Vater.

„Du sagtest, dass alles begonnen hätte, als deine Frau starb und dass keine Zeit wäre, den Grund dafür herauszufinden. Das machte mich stutzig. Was hat der Tod deiner

Frau mit unseren Windgeistern zu tun? Das Bindeglied war dein Sohn. Deswegen bin ich ihm gefolgt."

„Ich hab nicht mal mitgekriegt, wie er gegangen ist", staunte der Abgesandte der Nostren.

„Der viele Alkohol!", tadelte der Suhai.

„Ich habe die ganze Zeit nur Wasser getrunken."

„Warum hast du uns nichts gesagt", fragte der Osander. Der Abgesandte der Suhais zuckte mit den Schultern.

„Es war besser so. Also, kannst du mir erklären, wieso dein Sohn fliegen kann, wenn die Windgeister verschwunden sind?"

Sampas Vater wurde fahl im Gesicht.

„Nein, ich kann mir das auch nicht erklären. Wir sollten ihn fragen. Lasst uns zu ihm gehen."

Sampa war gerade damit beschäftigt, die Luftbretter auf Vordermann zu bringen. Er wachste sie ein, wienerte sie und pfiff fröhlich vor sich hin, als sich die vier Männer näherten.

„Was machst du da, Junge?“, fragte ihn sein Vater.

„Nun, ich putze die Flugbretter.“

„Das sehe ich wohl. Mir stellt sich nur die Frage nach dem Warum.“

„Irgendwann werden wir sie wieder nutzen“, kündigte Sampa an.

Der Abgesandte der Suhais stellte sich vor ihn hin. „Du meinst wohl, du willst deine Spuren verwischen, Bürschchen!“

Sampa schaute ihn mit großen Augen an.

„Du brauchst gar nicht so unschuldig tun. Ich habe dich durchschaut!“

„Langsam, langsam …“, versuchte sich Sampas Vater einzumischen.

„Nicht langsam! Wo bist du denn vorhin so elegant hingeflogen? Hast mich gar nicht bemerkt, hm?“

„Ich? Ich bin nirgendwo hingeflogen. Wie kommst du darauf?“

„Tu doch nicht so“, erwiderte der Suhai ungerührt.

„Junge! Dafür gibt es sicher eine einfache Erklärung. Erzähle uns doch einfach, was passiert ist.“

Sampa sah sich wild um. Er suchte krampfhaft eine Geschichte, die er diesen Idioten auftischen konnte. Doch da erklang lauter Jubel vom Dorfplatz.

„Was ist da los?“, fragte der Abgesandte der Nostren und dann sah er es. Ein Luftschiff aus dem Norden! Es landete!

„Du meine Güte! Die Winde sind zurück! Ich wusste doch, dass es eine Erklärung gibt“, sagte Sampas Vater. „Komm Junge, lass uns das Schiff begrüßen!“

Und schon nahm er seinen Sohn bei der Hand. Sie liefen gemeinsam zu der jubelnden Menge. Der Abgesandte der Nostren war zuerst beim Schiff. Er wollte sich vergewissern, dass es noch heil war.

Als sich die Tür öffnete und ihm der Wo entgegenblickte, da wusste er, dass diese jungen Leute offensichtlich ihre Mission erfüllt hatten. Schnell stellten die Dorfbewohner eine Leiter an das Luftschiff. So konnten die vier hinabsteigen. Der Wo sprang zuerst herunter, José und Sharj folgten ihm und zuletzt stieg Mona die Leiter hinab. José sah Sampa bei den vier Ältesten stehen. Er ging direkt auf ihn zu.

„Wir müssen reden“, sagte er ganz ohne Umschweife und wandte sich dann an die Abgesandten: „Es ist gut, dass ihr anderen auch da seid. Wir haben eine wichtige Nachricht für euch.“

„Gut, dann lasst uns zu mir nach Hause gehen.“

„Oder in den Tempel“, schlug Sharj vor.

„In den Tempel?“, fragte der Abgesandte der Wegels.

„Warum nicht?“, erwiderte der Suhai.

Und so verließen sie die immer noch jubelnden Menge. Die sterbende Seele folgte Monas Feder, doch sie wurde immer schwächer. Sie konnte sich nur noch mit letzter Kraft festhalten Es brauchte schon fast ein Wunder, sie noch zu retten.

Der Älteste der Wegels öffnete den Tempel und ging voran. Nachdem die anderen eingetreten waren, verschloss er die Tür hinter ihnen.

„Sagt, was habt ihr herausgefunden?“

„Gibt es hier kein Licht?“, unterbrach

Mona.

„Eigentlich schon“, erwiderte der Älteste der Wegels, „aber seitdem die Windgeister uns verlassen haben, ist auch das Licht erloschen.“

„Ja, die Geister“, sagte Sharj und berührte ihr Öllämpchen. José, Sharj und Mona trugen je ein Öllämpchen in der Hand. In der Dunkelheit bemerkte dies niemand und das war ihnen sehr recht.

„Danke, Sampa, für die Karte“, erwiderte José stattdessen.

„Hat sie euch geholfen?“

„In der Tat, sie war sehr hilfreich“, meinte Mona.

„Überaus hilfreich“, sagte Sharj mit seltsamer Betonung.

Lola knurrte dazu.

„Was geht hier vor?“, fragte Sampas Vater ängstlich.

„Nun, vielleicht möchte Sampa etwas erklären!“, meinte José.

„Ich? Wieso?“

„Nun, du hast uns zu den Nostren geschickt und gesagt, wir sollten dort anfangen."

„Hat doch geklappt, ihr seid hier."

„Ja! Und wenn wir deinem Rat gefolgt wären, würden wir wahrscheinlich in der Grotte vergammeln! So hattest du es doch geplant!", fiel ihm Mona ins Wort.

„Du wolltest uns alle umbringen!"

„Aber nein", rief Sampa, „ich wollte euch doch helfen, damit all dies aufgeklärt wird und wir die Winde wiederfinden!"

„So! Das wolltest du?", fragte José. „Bist du dir da sicher?"

„Aber natürlich! Vater, was soll das? Hilf mir!"

Doch Sampas Vater war sich gar nicht mehr sicher, ob er seinem Sohn vertrauen konnte. Zuerst hatte Sampa die jungen Leute in die falsche Richtung geschickt und dann wurde er auf dem Flugbrett gesehen. Er musste wissen, was passiert war.

„Erzählt! Was ist passiert?"

„Wir trauten Sampa von Anfang an nicht und sind genau in die entgegengesetzte Richtung gereist", sagte José. Dass sie drei Geister gefunden hatten, verschwieg er vorerst.

„Zuerst waren wir bei den Suhais, dann bei den Osandern und zum Schluss bei den Nostren. Dort, wo dein Sohn uns zuerst hinschicken wollte.“

„Wir suchten in einer Höhle unter den beiden Seen. Hinein kamen wir durch einen Eingang, vielleicht magisch, denn nach dem Eintreten verschwand er. Doch jede Grotte hat normalerweise auch einen Ausgang. Aber dieser war zugemauert – mit ganz frischem Mörtel.“

Lola knurrte wieder.

„Ohne unseren Wo wären wir nicht herausgekommen“, sagte José voller Wut.

„Aber, aber woher wollt ihr wissen, dass ich das war“, verteidigte sich Sampa. „Vielleicht war es jemand der Nostren.“

„Hoho!“, beschwerte sich der Abgesandte der Nostren. „Niemals! Wir helfen jedem, der in Not ist und würden ganz sicher niemanden einmauern.“

Der Suhai hatte sich Sampas Luftbrett genauer angesehen.

„Da ist Zementstaub auf deinem Brett

und ein Eimer mit Mörtelresten liegt hinten in der Ecke."

„Aber, aber … das beweist immer noch nicht, dass ich es war!", rief Sampa nervös.

„Ich habe dich aber fliegen sehen, Sampa", flüsterte ihm der Abgesandte der Suhais ins Ohr. Sampa wurde es heiß.

„Das muss jemand anders gewesen sein", sagte er, „vielleicht jemand, der mir ähnlich sieht."

„Nein, das warst du."

„Ich glaube auch, dass du es warst", meldete sich Sharj zu Wort.

„Aber wie sollte ich denn fliegen können? Das geht doch gar nicht – ohne Wind!", lachte Sampa.

„Tja, ich frage mich auch die ganze Zeit, wie du das gemacht hast!"

Mona lachte laut.

„Das ist doch klar! Er hat den Geist der Wegels, den Geist der Erkenntnis!"

„Ich, n-nein, ich habe keinen Geist. Wie sollte ich denn? Niemand weiß, wo er ist!", versuchte er erneut, das Verhör zu beenden.

„Du meinst, niemand weiß es, außer dir",

sagte Mona. „Du weißt, wo die Winde sind. Nicht wahr Sampa?“

„Ich? I-ich weiß gar nichts. Ich weiß überhaupt nicht, wovon du sprichst!“

„Ich glaube schon, dass du das weißt“, erwiderte José, „du hast die Geister entführt!“

„Junge, wie kannst du so etwas behaupten?“, fragte Sampas Vater.

„Weil ich es weiß!“

„Von wem?“, wollte nun auch der Abgesandte der Osander wissen.

„Von den Geistern der Winde“, triumphierte José.

„Dann habt ihr sie gefunden?“, erkundigte sich der Suhai aufgeregt.

„Wie hätten wir sonst das Schiff fliegen können?“

„Aber wir haben keinen Luftzug gespürt! Vielleicht habt ihr eine Art Magie angewendet. Dieselbe Magie, die auch Sampa benutzt hat.“

Mona lachte: „Nein, Sampa hat den Geist der Wegels. Deswegen konnte er fliegen und wir haben die anderen drei!“

Wie auf Kommando erschienen die drei Geister aus ihren Öllämpchen und der Raum wurde hell. Die Kerze brannte wieder. Die Abgesandten fassten sich an den Händen.

„Sie sind wieder da!"

„Liebe Geister …", rief Sampa. Angst schwang in seiner Stimme mit. Die Windgeister brausten wirbelnd um ihn herum. Mona fröstelte bei dem Anblick. Sie kannte das Ganze schon und wusste, dass der Wirbel einem die Luft nahm und es Sampa ganz eng in der Brust wurde. Fast tat er ihr leid. All das ging ihr zu schnell. Sie fühlte außerdem, dass sich die letzte Feder auf ihrem Kopf weiter aufrichtete. Der armen Seele blieb immer weniger Zeit. Was diese Geister auch vorhatten, sie hoffte, dass es für die kleine Seele gut ausgehen würde.

„Hast du uns vermisst?" höhnte der Geist der Suhais und sauste immer enger um Sampa. Der Geist der Osander schwirrte um seinen Kopf und der Geist der Nostren wirbelte um seine Füße. Sampa konnte sich nicht bewegen.

„Ich, ja … wir haben euch alle vermisst",

ächzte er.

„Wirklich?“, spottete der Geist der Zukunft. Sampa wurde es kalt.

„Wieso hast du mich denn in ein Öllämpchen eingesperrt und auf den Berg gebracht?“

„Und mich“, rief der Geist der Vergangenheit, hast du wie Müll in einem Regal abgestellt.“

„Ja, und warum hast du mich einfach ins Wasser geschmissen?“, fragte der Geist der Gegenwart. „Hast wohl gedacht, niemand könnte uns da finden?“

„Du hast dich geirrt!“, verhöhnten ihn die Geister. Sampa war fast zur Säule erstarrt. Ihm war so kalt und er bekam kaum Luft. Die Geister versperrten ihm die Sicht auf die anderen und doch spürte er ihre hasserfüllten Blicke.

„Du“, fragte Sampas Vater, „du hast all dies getan? Warum?“

Der Würgegriff um Sampa wurde immer fester. Er konnte nicht sprechen, er war wie gelähmt. Doch dann ließ der Wirbel plötzlich nach und er bekam wieder Luft, ihm wurde langsam wärmer. Die Geister hatten sich um ihn herum positioniert.

„Sprich!“, befahlen sie ihm.

„Ich, äh … ja, äh, als … als Mutter starb, da, da war ich alleine. Mir war langweilig“, stieß er hervor.

„Langweilig? Und du dachtest, wenn du die Winde versteckst, würde sich das ändern?“

„Äh, nein. Aber, aber wenn ich schon so leiden muss, dann sollten es alle anderen auch!“

„So“, sagte der Abgesandte der Suhais. „Du hast gelitten?“

„Und wie!“, Sampa nickte eifrig mit dem Kopf.

Der Suhai erinnerte sich. Es war kaum zwei Jahre her, da kam Sampa mit seiner Mutter zu ihnen. Unbedingt wollte er auf einem Strauß reiten. Diesen Wunsch konnte er ihm damals nicht abschlagen. Sampa quiekte vor Freude. Er hatte rote Wangen und hing ständig am Rockzipfel seiner Mutter. Konnte dies derselbe Sampa sein? Dem Abgesandten der Suhais kamen Zweifel. Und er beschloss, Sampa nicht alles zu glauben.

„Ich weiß, es ist schrecklich, wenn die eigene Mutter nicht mehr da ist. Aber vielleicht helfen dir die schönen Erinnerungen an sie, um darüber hinwegzukommen."

„Jaaa", gab Sampa zu. „Habe ich schon versucht. Aber es ist schwer. Es tut so weh."

„Vielleicht habe ich für dich eine schöne Erinnerung. Weißt du noch, als du vor zwei Jahren bei uns warst?"

„Äh, ja", stotterte Sampa.

„Mit deiner Mutter."

„Ja, ja, ja, ich erinnere mich."

„Nun, ich hatte dir gezeigt, wie man Honig macht.

„Ja, ja."

„Dann hatten dich zwei Bienen gestochen."

„Ich erinnere mich", stieß Sampa hervor.

„Deine Mutter hat die Wunden so liebevoll versorgt. Wir haben dir Honig darauf getan und als du bei deiner Mutter im Arm lagst, bist du eingeschlafen. So unschuldig. Und als ihr euch verabschiedet habt, hattest du den Schmerz schon vergessen."

„Stimmt", sagte Sampa.

Da wusste der Abgesandte, dass dieser junge Mann nicht Sampa war.

„Wer bist du?", fragte er ihn direkt.

„Ich bin Sampa."

„Nein, bist du nicht!"

„Was?", rief Sampas Vater empört.

„Das verstehe ich nicht!", sagte der Nostre.

„Ich genauso wenig!", ergänzte der Abgesandte der Osander.

„Das musst du erklären!", forderte Sampas Vater laut. „Wie kannst du sowas behaupten?"

„Also gut! Ich habe deinem angeblichen Sohn eine Fangfrage gestellt. Er wurde nie von Bienen gestochen, als er bei uns war. Das war alles eine Lüge. Wieso kann er sich daran erinnern? Er ist auf unseren Straußen geritten und hat das geliebt. Warum weiß er davon nichts?"

„Ich … ich bin ganz durcheinander! Meine Mutter ist gestorben", jammerte Sampa.

„Das ist nicht wahr! Wer bist du?"

Die Geister wirbelten wieder um ihn herum.

„Gib uns den Geist der Erkenntnis! Gib uns den Geist der Wegel!“, schrien sie.

Sampas Vater versuchte, seinen Sohn zu berühren. Doch als er eine Hand nach ihm ausstreckte, traf ihn ein Schlag. Er wich zurück.

„Geister!“, sagte er, „Lasst mich zu meinem Sohn!“

Doch die gaben Sampa nicht frei. Sie umkreisten ihn immer schneller:

„Wer bist du? Gib uns den Geist der Erkenntnis!“, wiederholten sie.

Das alles klang wie eine Beschwörungsformel, in die sich Lolas lautes Gebell einfügte.

Irgendwann schrie Sampa:

„Ich gebe euch, was ihr wollt! Lasst mich los! Lasst mich los!“

Die wirbelnden Geister und Wos Jaulen hatten zur Folge, dass ihm fast der Schädel platzte. Die Geister wurden langsamer.

„Na also! Gib ihn uns! Jetzt!“

„Ich, er, er … ich kann ihn euch nicht geben“, sagte Sampa.

Die Geister wirbelten wieder um ihn herum, schneller als zuvor. Der Hund jaulte noch einige Oktaven höher und Sampa glaubte, er würde sterben. Dieser Schmerz, diese Kälte und diese Enge!

Wieder schrie er: „Ich gebe euch, was ihr wollt!"

„Gut. Wo ist er?", fragte der Geist der Gegenwart.

„Bei mir!"

„Bei dir?"

„Ja. Er ist bei mir."

„Wenn das wieder einer deiner Tricks ist, Sampa …", sagte der Geist der Zukunft.

„Wie kann der Geist der Erkenntnis bei dir sein?"

„Das Geheimnis liegt in mir. Wenn ihr es herausfindet, dann kommt er frei", brachte Sampa heraus.

„Ein Geheimnis?"

„Ein Rätsel", sagte Sampa.

„Auf solche Späßchen haben wir keine Lust!", kürzte der Geist der Zukunft das Ganze ab.

„Also, wo ist er? Oder müssen wir nochmal nachhelfen?"

„Nein!", stotterte Sampa, „ich … ich will

doch nur mit euch zusammen sein, nichts anderes.“

„Wir sind hier alle zusammen, falls du es noch nicht bemerkt hast.“

„Nein, anders. Ich möchte ein Teil von euch sein.“

„Ein Teil von uns?“

Und wieder begannen sie, ihn zu umkreisen.

„Stopp!“, rief Mona. „Du! Du hast Sampas Seele verbannt!“

Der falsche Sampa lachte.

„Oh, ja, das war einfach. Dieser blöde Kerl hat immer nur geheult. Da habe ich mich seiner bemächtigt. Seine Seele verrottet irgendwo in einer Grotte.“

„Wer bist du?“, fragte Sharj.

„Ich, tja, keiner kennt mich. Sampas Mutter sah mich und bekam einen Schock, der sie tötete. Nicht mal diese drei Geister wissen wer ich bin. Dabei bin ich einer von ihnen.“

„Du wirst nie einer von uns sein!“, sagte der Geist der Zukunft.

„Niemals“, stimmte der Geist der Gegenwart zu.

„Keiner von uns“, höhnte der Geist der Vergangenheit, „wir würden niemanden ausschließen!“

„Klar“, höhnte der falsche Sampa, „Ihr seid so rein und allwissend. Ihr habt nicht mal gemerkt, dass in eurem ewigen Reigen der Wirbelstürme so ein kleines Windchen geboren wurde, das nie einen Tempel bekam! Nicht mal einen Namen!“

„Nein! So etwas ist unmöglich!“

„Doch ist es möglich! Ich stehe vor euch! Ihr habt mich geboren, ihr habt mich verstoßen, keiner kennt mich!“

Die Geister umkreisten ihn, aber diesmal ohne ihm zu schaden.

„Was redest du da?“

„Es war im Land der Osander. Eine wunderschöne Nacht. Ihr seid den ganzen Tag durch die Lüfte gefegt. Dann habt ihr einen Reigen zusammen getanzt – und bei diesem Reigen bin ich entstanden.“

Die Geister zogen sich zurück, sie berieten sich.

„Gib diesen Körper frei!“

„Nur, wenn ihr mich endlich anerkennt und aufnehmt!“

„Kommt dann auch der Geist der Erkenntnis frei?“

„Wie gesagt, wenn ihr mich aufnehmt.“

„Gut, wir werden dich in unsere Mitte aufnehmen. Du wirst einer von uns.“

Die Geister umhüllten Sampas Körper und wogten hin und her

„Entspann dich!“, sagte der Geist der Zukunft.

Dann sackte Sampas Körper zusammen und fiel auf die Erde.

„Die Seele!“, schrie Mona und eilte zu ihm, fiel auf die Knie und nahm Sampas Kopf in ihren Schoß. Sie beugte ihren Kopf zu ihm herunter und gab ihm einen Kuss.

Die kleine, schwache Seele senkte sich in den leblosen Körper. Zunächst passierte nichts.

„Mein Sohn!“, rief Sampas Vater und fiel neben ihm auf die Knie. Er nahm seine Hand.

„Wach auf! Sampa, wach auf!“

Ganz leicht zuckten die Augenlider.

„Er lebt!", rief Sharj. „Er lebt!"

Die Geister wirbelten immer noch herum. José fragte sich, was sie wohl als nächstes tun würden.

In diesem Moment öffnete Sampa die Augen und alle hörten ein deutliches Klacken. Etwas hatte sich von Sampas Gürtelschnalle gelöst.

„Eine Öllampe", sagte Sharj und bückte sich. Sie überreichte das kleine Behältnis an José, der es in die Hand nahm.

„Geist der Erkenntnis. Du bist in Sicherheit. Komm heraus!", flüsterte er.

Tatsächlich, ein kleines Wölkchen erschien, wuchs zu einer stattlichen Größe und gesellte sich zum Reigen der anderen Geister.

Es wurde stürmisch im Tempel. Die drei Abgesandten, Sampa und sein Vater, Sharj, Mona, José und Lola zogen sich an die Wand zurück und beobachteten die Winde.

Sie wussten, dass von den Geistern dieser Winde nichts Böses ausging. Wie gebannt schauten sie zu. Ein kleiner Tornado tanzte durch den Tempel. Plötzlich löste er sich auf. Vor ihnen standen vier Geister. In diesem Moment kullerte etwas zu Boden. Mona hob es auf. Ein kleiner Kiesel mit einem Windsymbol. Unbemerkt steckte sie den Stein ein.

„Wo, wo ist der andere Geist?“, fragte Sampas Vater.

„Er ist wieder Teil von uns geworden. So wie er es sich gewünscht hatte“, erwiderte der Geist der Erkenntnis.

„Nun sind wir wieder da und wir hoffen, ihr verzeiht uns, denn nur durch unsere Schuld wurde Unheil über eure Völker gebracht.“

Die Abgesandten der Völker schauten sich an.

„Nein, ihr wart uns immer wohlgesonnen, ihr Geister der Winde. Niemals würden wir so über euch denken“, sagte der Älteste der Nostren und sprach im Namen aller Völker. „Wir lieben euch und das Geräusch, wenn ihr über den Himmel tobt!“

„Und ich, ich danke euch, dass ihr mir meinen Sohn wiedergebracht habt. Euch Geistern und auch euch vieren!“ Er schaute José, Sharj, Mona und Lola an.

„Wo auch immer ihr hergekommen seid, ihr habt uns wieder eine Zukunft gegeben!“

„Und ich möchte mich auch bedanken“, sagte Sampa, ging zu Sharj und drückte ihre Hand. Das gleiche tat er mit Mona und José. Zu Lola bückte er sich und streichelte sie liebevoll. „Ich hab alles mitbekommen. Ich hing die ganze Zeit an diesem wunderschönen Mädchen.“

Und er lächelte Mona zu.

„Danke, dass du mich gerettet hast.“

„Gern geschehen“, sagte Mona.

Dann flüsterte Sampa ihr ins Ohr: „Behalte den Stein. Er wird dich an mich erinnern.“

Mona errötete leicht und sagte leise: „Dankeschön.“

Kapitel 22

Ein Neubeginn

„Was können wir für euch tun? Wie können wir uns am besten bei euch bedanken?“

„Nicht nötig“, sagte Sharj.

„Es war uns eine Ehre, den Bewohnern von Vintosa helfen zu können.“

„Das heißt, es ist Zeit für einen Abschied“, sagte Sampas Vater.

José nickte.

„Ja, wir müssen jetzt in unsere Welt zurück.“

„Wo immer diese Welt ist“, meinte der Abgesandte der Nostren.

„Ich bin sicher, es ist eine ganz besondere Welt – mit euch darin.“

„Danke“, sagte Sharj, „Eure Welt ist auch ein ganz besonderer Ort. Behütet sie gut!“

Die fünf Männer nickten.

„Schließt uns bitte hier im Tempel ein“, bat Sharj, „damit wir in unsere Welt aufbrechen können.“

Alle umarmten sich nochmal und verabschiedeten sich voneinander. Als die Tür des Tempels ins Schloss gefallen und die Freunde mit den Windgeistern allein waren, vollführten diese einen wunderschönen Tanz für ihre Retter.

Der Geist der Zukunft schenkte José einen eindrucksvollen Moment seiner neuen Zukunft:

Ein Blick in eine Tierarztpraxis in der José ein Kaninchen behandelte, das von einem kleinen Mädchen im Arm gehalten wurde. Sie sah voller Liebe zu José auf und sagte „Danke, Papa."

Das Mädchen kam ihm so vertraut vor, braunes Haar, Sommersprossen. José dankte dem Geist der Zukunft von ganzem Herzen.

Auch Mona hatte eine kurze, aber wunderschöne Vision. Sie saß mit Sharj, Claudia und Hannes um einen Weihnachtsbaum und sie sangen gemeinsam Lieder.

In einer ganz kurzen, intensiven Vision erlebte Sharj ihre eigene Hochzeit. Sie sah den Bräutigam nur von hinten, erkannte aber das gekräuselte Haar im Nacken.

Die Geister hauchten ein „Danke“ und verschwanden.

José beugte sich über Lola und streichelte sie. „Amur, ich weiß, du wirst jetzt auch gehen. Lass mir meine Lola bitte da.“

Sharj und Mona setzten sich zu dem Wo und nahmen ihn in den Arm.

„Danke, Amur, für alles, was du für mich getan hast“, sagte Sharj.

Mona liefen dicke Tränen die Wangen herunter.

„Danke, auch von mir, dass ich meine Schwester nicht verloren habe.“

Sie griff nach Sharjs Hand.

„Danke Amur.“

Dann spürten sie diesen Sog …

Sie landeten alle vier wieder am Grillplatz.

„Boah.“

Mona schaute an sich herab. Sie hatte dieselben Sachen an wie zu dem Zeitpunkt, bevor diese Reise losging, und auch Sharj und José waren wieder die alten – und Lola?

Lola war jetzt nur ein kleiner Labradormischling. Sie schaute gierig auf das Grillfleisch.

„Ob wir ihr ein Stück geben?“, sagte José und lachte befreit.

„Unbedingt“, nickte Sharj.

„Sie hat es sich verdient!“

„Habt ihr auch Hunger?“, fragte José.

Die Mädchen nickten. Sie waren richtig ausgehungert.

„Und Durst“, sagte Mona.

Sie aßen die Steaks mit Tortilla und Salat, tranken Limonade und saßen eine Weile still zusammen.

Dann verriet Mona ihnen: „Ich hab Angst. Angst vor meiner Zukunft.“

„Das brauchst du nicht, Mona. Wir sind doch erst mal zusammen.“

„Schon, aber all das fühlt sich noch sehr komisch an.“

„Ich weiß“, sagte Sharj.

„Lasst uns einpacken, Mädchen“, schlug José vor, „und nach Hause radeln.“

Ohne Eile packten die Mädchen alles zusammen. José löschte währenddessen das Feuer und setzte Lola in den Anhänger seines Fahrrades. Sie verstauten die Utensilien auf den Gepäckträgern und radelten los.

Vor Josés Haus parkten zwei unbekannte Wagen, die sie schon von weitem sahen. Langsam näherten sie sich dem Haus, lehnten die Fahrräder an den Gartenzaun, nahmen Lola aus dem Anhänger und gingen zögernd hinein. Mona erkannte Hannes schon von hinten. Er saß mit einer unbekannten Frau und Josés Eltern im Wohnzimmer auf der Couch.

„Mama, Papa“, rief José und blickte dabei auf Hannes und die Frau. Die Molineros begrüßten ihren Sohn und die Mädchen herzlich.

„Das ist Pfarrer Hannes“, stellte Maria ihn vor.

„Und ich bin Polizeimeisterin Schmidt“, machte sich die Frau selbst bekannt.

„Ihr müsst Mona und Sharj sein.“

Sie lächelte die Mädchen an.

„Hannes!“

Mona fiel Hannes in die Arme.

„Ach Mona, setz dich erst mal und du

auch, Sharj. Wir müssen euch etwas erzählen“, sagte er.

Gemeinsam mit der Polizeibeamtin berichtete er Mona und Sharj, was geschehen war. Für Mona war all dies ein Schlag, obwohl sie es schon wusste. Doch hier, in der echten Welt, fühlte es sich anders an. So unmittelbar, so direkt. Sie ließ ihren Tränen freien Lauf.

Erst als der Pfarrer erklärte, dass Sharj bis auf weiteres bei ihnen bleiben könne, huschte ein winziges Lächeln über Monas Gesicht. Den Molineros war die Situation unangenehm. Sie zogen sich mit José zurück. In der Küche erzählten sie, was alles passiert war.

José sagte nur: „Ich wusste immer, dass dieser Otto böse ist. Ich wusste es immer! Ihr habt mir ja nie geglaubt!“

„Ja, schon gut“, meinte Pablo entschuldigend.

„Du hast eine gute Menschenkenntnis“, sagte seine Mutter. „Die Mädchen kommen erst mal zu Pfarrer Hannes.“

„Du wirst sie sicher weiterhin besuchen können. Da er ja in dieser Stadt wohnt, werden sie auch nicht die Schule wechseln müssen. Sei ganz unbesorgt. Deine Freundinnen bleiben dir erhalten."

„Ja, wenigstens etwas Positives", sagte José.

Die Polizistin klärte die Mädchen darüber auf, dass sie in den nächsten zwei Wochen wegen privater Angelegenheiten von der Schule freigestellt wären, um mit der neuen Situation zurechtzukommen. Die beiden nahmen dies stumm zur Kenntnis. Sie nickten, ohne Fragen zu stellen.

Als alles besprochen war, standen sie auf, und die Polizeibeamtin verabschiedete sich. Hannes ging mit den beiden Mädchen in die Küche zu den Molineros.

„Entschuldigen Sie die Unannehmlichkeiten, die wir Ihnen bereitet haben. Ich nehme die Mädchen mit, sie werden bei mir wohnen. Du kannst sie jederzeit besuchen kommen, José.

Die nächsten zwei Wochen werden sie nicht in die Schule gehen, aber dann könnt ihr wieder zusammen sein, so wie vorher auch."

Hannes lachte. Die offene und ehrliche Art, mit der er das verkündete, ließ keinen Raum für Zweifel. Die Mädchen waren ihm willkommen.

Es folgte ein überschwänglicher Abschied von den Molineros. Erst als die Tür ins Schloss gefallen war, begann José zu weinen. Maria legte den Arm um ihren Sohn.

„Junge, kann ich dir irgendwie helfen?"

„Nein Mama, lass mich einfach alleine. Ich geh auf mein Zimmer. Komm, Lola."

In seinem Reich angekommen, ließ er sich auf sein Bett fallen und weinte noch eine Weile. Dann holte er den Kompass hervor und sah, dass alle Symbole leuchteten. Er hielt sich den Kompass ans Ohr und schüttelte ihn. Nichts tat sich, kein Klacken, kein Klicken. Als wäre nie etwas gewesen. Das war es also, sagte er sich. Unser letztes Abenteuer! Unser Geheimnis!

José wusste, dass dieses Abenteuer sie noch mehr als früher zusammenschweißen würde und freute sich, dass Mona nun dazu gehörte. Er konnte es kaum abwarten, die beiden wiederzusehen – besonders Sharj. Zwei Wochen waren eine lange Zeit.

„Ach Lola", sagte er, „was bin ich froh, dass ich dich habe."

Lola leckte ihm sein tränenverschmiertes Gesicht ab. Irgendwann schlief José ein.

Sharj und Mona waren im Pfarrhaus angekommen. Es war schon spät. Pfarrer Hannes zeigte ihnen ihr Zimmer. Sie mussten erst einmal zusammen schlafen. Aber das würde sich bald ändern, erklärte er ihnen. „Das ist nur für den Übergang."

Offensichtlich hatte Pfarrer Hannes ihre Sachen hergebracht. Er nickte den Mädchen zu und ließ sie erst mal für sich sein.

„Da sind wir nun … Ich hab so viele Fragen. Wer war meine Mutter? Wie sah sie aus?"

„Du wirst alle Antworten mit der Zeit bekommen", sagte Sharj, „aber Claudia ist deine Mutter und sie wird es immer sein."

Mona lächelte und nahm Sharj in den Arm.

„Und du bist meine Schwester und du hast

recht."

Spät an diesem Abend fielen die beiden Mädchen in den Schlaf. Sie bemerkten nicht, wie der kleine Stein aus einer anderen Welt zu leuchten begann.

Nachtrag

Lieber José,

ich kann gar nicht glauben, dass wir schon eine Woche im Pfarrhaus wohnen. Heute haben wir Bescheid bekommen, dass ich für immer hierbleiben darf. Das macht mich sehr froh.
Ich hätte mir gar nicht ausmalen wollen, wie es wäre, wenn ich in eine andere Pflegefamilie gekommen wäre. Womöglich weg von euch, von Mona und dir. Das hätte ich nicht verkraftet.
Bestimmt wäre ich dann ausgerissen und eines dieser Mädchen geworden, die von einer Familie zur anderen kommen und immer wieder weglaufen.
Hannes ist sehr nett. Er hat Mona Fotos von seiner Schwester gezeigt, Monas leiblicher Mutter.

Sie war hübsch und Mona sieht ihr sehr ähnlich.
Claudia ruft uns jeden Tag an.
Und jetzt stell dir mal vor:
Sie will zu uns ziehen. Sie wird die neue Haushälterin. Hannes hat alle Hebel in Bewegung gesetzt und sie hat die Stelle gekriegt. Wie kann man nur so viel Glück haben?

Otto muss wohl lange ins Gefängnis. Aber das ist uns egal. Auch Claudia ist es mittlerweile nicht mehr wichtig.

Mona und ich teilen uns ein Zimmer, so wie früher, mit einem Doppelstockbett. Ich schlafe oben, Mona schläft unten. Und abends erzählen wir uns Geschichten. Wir sind wie richtige Schwestern. Ich hab sie wirklich liebgewonnen.

Wie geht es Lola? Ich hoffe, dass sie wieder ganz normal ist und ich wünsche mir, dass Amur gut nach Hause gekommen ist und dass diese Reisen ein Ende haben.
Auf meinem Kompass leuchten jetzt alle vier Symbole: Wasser, Feuer, Erde und Luft. Mein Kompass gibt auch keinen Mucks mehr von sich. Ich habe ihn in meine Nachttischschublade gelegt. Abends hole ich ihn immer raus und schaue ihn nochmal an. Und José, glaub mir, ich bin richtig froh, wenn er nicht rappelt und sich nicht bewegt, sondern ganz ruhig in meiner Hand liegen bleibt.

Noch eine Woche, dann sehe ich dich wieder in der Schule. Ich vermisse den Unterricht wirklich. Es ist zwar schön hier, aber ich sehne mich nach meinem normalen Alltag. Das hilft mir, alles zu verarbeiten. Ich glaube, für Mona ist das auch wichtig. Vor allen Dingen will sie ihre Freundin Tina wiedersehen. Hannes sagt, es sei besser, wenn wir zurzeit erstmal keine Freunde treffen, sondern warten, bis wir wieder in die Schule gehen, weil gerade so viel Neues auf uns einströmt.

Mona hat sich eine neue Halskette gemacht, mit einem ganz besonderen Stein. Du wirst es nicht glauben, auf dem ist das Symbol für Wind!
Manchmal denke ich, dass er im Dunkeln leuchtet, aber das bilde ich mir bestimmt ein. Wahrscheinlich ist es das Mondlicht, das sich darauf

spiegelt.

Und unsere Zukunft? Wir beginnen gerade damit, sie neu zu gestalten.

Deine Freundin Sharj

DANK

Den größten Dank an euch, liebe Kinder, weil ihr euch auf das Abenteuer eingelassen habt. Nur mit eurer Hilfe konnte Vintosa gerettet werden.

Dank auch an:

… meinen Mann, der sich immer so liebevoll um alles kümmert, wenn ich mal wieder dem Schreibwahn verfalle,

… meiner Mutter Wilma, und meinen Töchtern, die nie aufhören, an mich zu glauben,

… meinem Neffen Dennis, der immer zur Seite steht, wenn's am Computer mal wieder hapert,

… meinen Freunden, Bärbel, Peter, Jacqueline und Andy, die immer ein offenes Ohr für mich haben, mir oft mit den alltäglichen Dingen im Leben helfen, und mit Rat und Tat zur Seite stehen,

… den lieben Buchbloggern, die sich immer wieder gerne meine Bücher bestellen,

… Bea, die gerne meine Skripte durchliest und mir Tipps gibt,

… Gabi Haiduk, die in einem Turbotempo meine oft genuschelten Texte tippt,

… Stefanie Ziermann, die erneut wieder einmal in einem rasendem Tempo Cover und Illustrationen gefertigt hat,

… Autor und Freund Peter für die Tipps und Korrekturen und Bärbel Mühlig für die Endkontrolle,

… dickes Lob an meine neue Lektorin, Petra Fiolka, welche ich durch eine glückliche Fügung kennenlernen durfte. Vielen Dank dafür.

ÜBER MICH,

ich wurde 1969 in der schönen Römerstadt Trier geboren. Schon mit 11 Jahren durfte ich für das ZDF Kinderbücher rezensieren. Wir lebten nämlich in einem kleinem Mainzer Vorort. Unser Nachbar dort, war verantwortlich für eine Kindersendung im ZDF. Meine Eltern waren Sänger und ich brachte meine Ideen schon damals mit in deren Texte ein. Mein Vater betreute das Kabelpilotprojekt Ludwigshafen und war Redakteur einer Fernsehsendung. Als Jugendliche schrieb ich Kurzgeschichten für die Schülerzeitung.

2016 veröffentlichte ich mein erstes Buch. Den ersten Teil von Sharj.

Und danach ging es rasend schnell.

Ich lebe mit meinem Mann, zwei Töchtern, zwei Katzen und drei Hunden an der südlichen Costa Blanca in Spanien. Meine Passion ist es, Bücher für Kinder und Jugendliche zu schreiben.

Eure Audrey

BISLANG SIND VON MIR ERSCHIENEN:

Sharj und das Wasser des Lebens

ISBN-13: 978-3741208614

Sharj und der Feuerkristall

ISBN-13: 978-8494667305

Sharj und das Salz der Erde

ISBN-13: 978-8494667336

Sharj und die Geister des Windes

ISBN-13: 978-8494830334

CanGu und die Kuchenkrümel

ISBN-13: 978-8494667329

NEU auch als Hörbuch

CanGu auf der Suche nach Saphir

ISBN-13: 978-8494667350

NEU auch als Hörbuch

Die Schlacht der Bücher

ISBN-13: 978-8494667367

NEU auch als Hörbuch

Das wundersame Fräulein Gelblich

ISBN 978-84-946673-8-1

Der Katastrophenvogel

ISBN 978-84-948303-0-3

Liebes Tagebuch:
Hilfe, ich bin schwanger!

ISBN 978-3-9819906-0-7

GEPLANT:

CanGu und die wilden Bienen

Ferdinand der Weihnachtsdrache

Der
Katastrophenvogel
Leseprobe
Audrey Harings

FLUGVERSUCHE

„Höher, höher, nun ein kräftiger Flügelschlag und eine schöne Rechtskurve fliegen“, rief die Mutter ihrem Knaks zu. Doch dieser war so nervös, dass er mehrmals mit den Flügeln schlug und schließlich links statt rechts flog. Als ihm der Fehler bewusst wurde, vergaß er, mit den Flügeln zu schlagen und anstatt sie auszubreiten, zog er sie erschrocken an seinen zarten, gefiederten Körper. Das führte unweigerlich dazu, dass der kleine Kerl ins Trudeln kam und vom Himmel fiel. Kurz bevor er aufprallte, setzte er seine Flügel ein. Er landete unsanft und schlug unfreiwillig ein paar Purzelbäume.

Drei andere Vögel kamen herbeigeeilt, alle mit einem Pinsel im Schnabel.

„Knaks, bleib so sitzen, wir müssen das aufzeichnen für unsere Vogelnachrichten, damit auch alle was zu lachen haben“, krächzten sie vergnügt.

„Weg mit euch, ihr Lästermäuler“, schnalzte Amira und flog neben Knaks.

„Ach, lass sie doch, sie haben recht, ich bin zu nichts nütze“, jammerte Knaks.

„Das stimmt überhaupt nicht.“

„Ich kann ja nicht mal gut fliegen. Wie wollen wir denn dieses Jahr den Formationsflug gewinnen, wenn ich mitmachen soll?“

„Wir haben noch ein bisschen Zeit, du weißt doch, Übung macht den Meister.“

„Außerdem habe ich meine Geschwister getötet“, weinte Knaks.

„Das war ein Unfall, gib dir nicht die Schuld. Sie sind aus dem Nest gefallen, als du geschlüpft bist. Sie waren noch

in ihren Eiern. Vielleicht hätte sonst der Wind sie davongetragen.“

„Nein, das war einzig und alleine meine Schuld. Ich war so ungeduldig, das Licht der Welt zu erblicken und die Eierschale aufzubrechen. Bestimmt habe ich mich zu heftig bewegt, dass durch mein Verschulden die anderen beiden Eier aus dem Nest gefallen sind. Ich bin eine miserable Drossel.“

„Ja, und das erhöht unsere Chancen beim diesjährigen Formationsflug-Wettbewerb“, kicherte eine tieffliegende Amsel. Ihr folgte ein gan-

zer Schwarm und sie zeigten, was sie konnten. Sie formten mehrere Figuren am Himmel. Und zwar vollkommen synchron.

„Siehst du, Amira, da tanzt keiner aus der Reihe“, jammerte Knaks.

Plötzlich tauchte über ihnen ein schreiender, hässlicher Vogel auf. „Alle mal herhören, ich bin Mallas, der Bote der Wettkämpfe. Der diesjährige Wettbewerb findet an den Bergen der drei Flüsse statt, hier habt ihr die Wegbeschreibung“, schrie er mit einer grässlichen Stimme, und etliche Blätter mit der Wegbeschreibung segelten zu Boden.

„Noch nie davon ge-

hört“, sprachen die Vögel wild durcheinander. Jedoch schnappten sich alle neugierig eine Karte.

„Also, wenn wir gewinnen wollen, dann muss Knaks Tag und Nacht üben“, sagte Birdie zu Knaks‘ Mutter Helmine. Birdie war bekannt für seine Perfektion, er war der Leitvogel. Er führte die Formation an. „Los Knaks, ich zähle bis drei und du fliegst mir nach“, befahl Birdie. Knaks schaute zu seiner Mutter und diese nickte. Dies bedeutete, dass er Birdies Anweisung folgen sollte. Mut- und lustlos hob er ab in die Lüfte, doch schon beim ersten Anstieg geriet Knaks ins Straucheln. Das lag daran, dass sein Flügelschlag nicht so stark war, wie er hätte eigentlich sein sollen. Ein kräftiger Flügelschlag half dem Vogel zu glei-

WETTKÄMPFE

ten, ein angeborener Instinkt. Offensichtlich haben bei Knaks die Gene versagt. Helmine schaute zu, wie ihr Sohn jedes Mal beim Start ins Trudeln kam und wie eine steife Tontaube nach unten sank. Mit jedem Mal blutete ihr Mutterherz vor Schmerz und sie flog zu Birdie und bat ihn, die Stunden für heute zu beenden. Schlecht gelaunt stimmte er zu. Als Helmine und Knaks außer Reichweite waren, sagte er zu sich selbst: „Mit dem faulen Ei im Nest, werden wir es nie schaffen, den Wettbewerb zu gewinnen."

Mallas, der hässliche Vogel, saß noch eine Weile auf einer Oberleitung und schaute Knaks` Flugkünsten zu, oder besser gesagt, bei den zahlreichen Versuchen zu fliegen. Zu mehr war der Blödmann seines Erachtens ja nicht in der Lage. Nein, dieses Jahr durften die Drosseln nicht gewinnen. Aber mit dieser Witzfigur war das auch gar nicht möglich, dachte Mallas. Er hütete ein schreckliches Geheimnis, nicht nur, dass er die blöden Vögel ins Verderben schickte, er wusste auch, warum Knaks nicht fliegen konnte.

Nachdem er genug gesehen hatte, hob er ab in die Lüfte. Es musste noch so Einiges vorbereitet werden.

Am kommenden Morgen startete Knaks direkt mit neuen Flugversuchen, doch wie zuvor scheiterten diese kläglich. Schlechtgelaunt ließ er sich neben Amira auf einer grünen Wiese nieder. In dieser Nacht hatte es geregnet, und die Würmer, die so zahlreich in dieser Wiese lebten, waren heute leichte Beute für die Vögel. Knaks` Mutter hatte ihm erklärt, dass die Würmer nur da wären, um die Vögel zu ernähren und dass es für jeden Wurm die Erfüllung wäre, von einem Vogel gefressen zu werden. Irgendwie hatte Knaks da seine Zweifel.

„Hast wohl keinen Hunger?", fragte Amira.

„Doch, schon", erwiderte Knaks und

stocherte lustlos in der Wiese.

„Ich bin übrigens in der Sturzfluggruppe. Wir fliegen ganz hoch, gleiten eine Weile, und dann ziehen wir die Flügel nah an den Körper und stürzen mit dem Kopf voran Richtung Wasser. Im letzten Moment ziehen wir wieder hoch. Deine Mutter macht übrigens die Flugbrillen."

„Interessant", mehr brachte Knaks nicht hervor. Er würde wohl niemals zu einer solchen Elitefluggruppe gehören.

„Ich muss los - weiterüben", rief Amira und flog davon. Beschämt pickte Knaks weiter in den Boden und tatsächlich verirrte sich ein Wurm zwischen seinen Schnabel. Knaks merkte, dass er hungrig war. Gerade als er den Schnabel öffnete, um sich den Wurm einzuverleiben, meinte er etwas zu hören. Es klang wie ein Hilfeschrei. Sein

Interesse war geweckt, er hatte den Wurm immer noch in seinem Schnabel hängen, als dieser versuchte, sich zu befreien. Er tänzelte vor seinem Kopf und blickte Knaks direkt in die Augen.

„Lass mich los“, rief der Wurm.

Vor lauter Schreck ließ Knaks seinen Snack unsanft auf den Boden fallen. „Hast du gerade mit mir gesprochen?“, fragte Knaks erstaunt.

„Mit wem denn sonst, du wolltest mich essen, schon vergessen?“, regte sich der Wurm auf.

„Aber ihr wollt doch, dass wir euch essen. Nur dafür lebt ihr!“

„Ähm, wie bitte, wer hat dir denn diesen Blödsinn erzählt?“

„Meine Mutter und die anderen Vögel.“

„So, das habt ihr euch ja fein ausgedacht. Essen wir die Würmer, die wollen das so. Hast du Matsche in der Birne?“

„Vielleicht ja, ich kann nämlich nicht fliegen“, erwiderte Knaks, der sich am liebsten auf den Schnabel gebissen hätte. Wie konnte er das vor einem Wurm zugeben.

„Kannst du überhaupt nicht fliegen?“

„Doch, aber ich komme ständig ins Trudeln und stürze ab“, erklärte Knaks.

„Hast du immer noch Hunger?“, fragte der Wurm.

„Ja, schon“, gab Knaks zu.

„Dann komm mit!“

Knaks hüpfte hinter dem Wurm her, der sich äußerst geschmeidig und

schnell durch die feuchte Wiese fortbewegte.

„Hier nimm, das ist der Rest von meinem Mittagessen.“

Knaks pickte in das ihm Unbekannte und wohl Leckerste, was er je gegessen hatte. „Wow, was ist das?“

„Ein Apfel.“

„Oh, habe ich den getötet?“

„Nein, das ist eine Frucht, sie wächst an einem Baum, und manchmal fällt eine runter, dann können wir sie essen.“

„Danke, dass du mir das gezeigt hast, schmeckt viel besser als Würmer.“

„Das will ich meinen, ich heiße übrigens Gisbert.“

„Ich bin Knaks.“

„Wir könnten Freunde werden“, sagte Gisbert voller Enthusiasmus.

„Furchtbar gerne“, willigte Knaks freudig ein. Und dies war der Beginn einer wunderbaren Freundschaft.